그곳에 가면
누구나
행복해진다

그곳에 가면
누구나
*행복해진다

초판 1쇄 인쇄 | 2010년 9월 20일
초판 1쇄 발행 | 2010년 9월 30일

지은이 | 강미은
사　진 | 강미은
발행인 | 황인욱
발행처 | 圖書出版 오래

디자인 | 피앤피디자인(www.ibook4u.co.kr)
주　소 | 서울특별시 용산구 한강로2가 156-13
이메일 | ore@orebook.com
전　화 | (02)797-8786~7, 070-4109-9966
팩　스 | (02)797-9911
홈페이지 | www.orebook.com
출판신고번호 | 제302-2010-000029호

ISBN 978-89-94707-10-5 (03810)

*책값은 뒤표지에 있습니다.
*잘못 만들어진 책은 구입하신 서점에서 교환해 드립니다.

그곳에 가면
누구나
행복해진다

글·사진 강미은

圖書出版 오래

얼마 전 일본으로 여행을 갔을 때, 일행 중 한 명이었던 영화감독이 이런 건배
사를 했다.

"인생을… 영화처럼……."

같이 갔던 사람들은 그 건배사를 참 좋아했다. 영화처럼 살지 못하고 있더라
도, 영화처럼 살아보고 싶다는 생각은 누구나 하고 있었기 때문이리라. 물론
공포영화나 액션영화처럼 살고 싶지는 않겠지만, 적어도 달콤하면서 씁쓰레한
감성의 촉촉함을 느끼면서 살고 싶다는 바람이었을 것이다.

여행을 가는 건 영화처럼 살 수 있는 가장 가까운 방법일 것이다. 떠나간 그곳
이 어디건, 자신의 일상에서 벗어나 새로운 세계의 주인공이 될 수 있다. 그래
서 어떤 여행이건 여행의 색깔은 총천연색이다. 화려해야만 영화가 되는 것은
아니다. 작은 마음의 떨림이라도 놓치지 않을 수 있다면, 자신을 겹겹이 보호
하고 있는 무미건조한 방탄복을 벗어 던질 수만 있으면 된다.

나는 여행을 참 좋아한다. 많은 곳을 다니면서 새로운 곳에서 새로운 나 자신과 만날 수 있었다. 일부러 여행을 위해 가는 여행보다는 일이나 회의, 세미나 때문에 가는 여행이 많았다. 하지만 꼭 그런 일정에 앞뒤로 사진을 찍으며 다니는 일정을 더했다. '자신을 찾기 위해 떠나는 여행'이라는 말은 여행사에서 괜히 갖다 붙인 광고 문구만은 아니다. 낯선 도시에서 미술관과 박물관, 공연을 찾아다니면서, 머릿속에서 전구가 반짝 불을 밝히는 느낌을 받을 때 나는 행복했다.

사진도 많이 찍었다. 여행을 떠나면 큰 풍경에서부터 카페에 놓인 작은 컵의 디테일까지 아름다운 것을 다 찍는다. 그렇게 찍다 보니 모인 사진이 수만 장이나 된다. 그 사진들을 컴퓨터에 스크린 세이버로 만들어 놓고 5초에 한 장씩 화면이 바뀌도록 해놓았다. 그 장소에서 느낀 감정들, 그때 그 순간이 아니면 느끼기 힘들었을 마음의 장면들이 그 사진 속에 다 녹아 있다. 그래서 그 사진들은 참으로 소중하다.

미국에서 석사과정에 있을 때 School of Art에서 사진 수업을 몇 개 들었다. 사진을 찍고, 암실에서 인화하고 현상하는 작업까지 다 했다. 그렇게 해서 새로운 이미지가 종이 위에 떠오르는 걸 보는 일은 참 행복한 작업이었다.

사진 도서관에서 좋아하는 사진작가 한 명을 선정해 그의 작품에 대해서 감상평을 쓰는 숙제가 있었다. 내가 해본 숙제 중에서 가장 즐거운 숙제였던 것 같다. 매일 사진 도서관에 틀어박혀서 '좋아하는 작가' 한 명을 선정하기 위해 시간 가는 줄 모르고 많은 작가들의 사진집을 뒤졌다. 내가 선정한 작가는 앙리 카르티에 브레송이었다. 그는 찰나의 순간을 포착해서 사진을 찍는 작가다. 그의 사진은 눈을 떼지 못하게 한다. 그 속에 기나긴 인생이 압축되어 있어 그 사진을 보면 사는 의미 같은 걸 돌이켜 보게 된다. 그래서 그의 사진을 좋아한다.

결국 여행도, 사진도, 영화도, 찰나의 감정을 이끌어내고 붙들어 매는 작업이다. 일상의 마음을 비우고 새로운 느낌으로 그 속을 채우는 기회가 된다. 빈자리가 없는 것 같은데도 비워낼 게 있는 걸 보면 신기하다. 가득 차 있는 것 같은데 또 채울 게 있다는 것도 오묘한 일이다.

가끔 주변 사람들에게 "가보았던 여행지 중에서 어디가 제일 좋았느냐"는 질문을 해본다. 나오는 대답은 참 다양하다. 유럽의 도시들, 아프리카, 몽골의 사막, 외딴 섬의 리조트, 미국이나 캐나다의 대자연 등 개인의 취향에 따라 제일 좋았던 여행지는 다 다르다. 어디를 가는 것보다 누구랑 가느냐가 더 중요하다는 대답도 나온다.

그들에게 "지금까지 살면서 가장 행복했던 일주일이 언제인가" 하고 물어보기도 한다. 그러면 다들 자신이 가장 행복했던 일주일이 언제였나 돌이켜 생각해본다. 그리고 역시 다양한 대답이 나온다. 사람들의 대답을 통해 그 사람의 마음이 조금 보이는 듯하다. 가장 행복했던 일주일은 어디 어디를 여행했을 때라는 대답이 상당히 많이 나온다. 여행이 주는 기쁨이 삶에서 큰 부분을 차지하니까 그럴 것이다. 나? 내게 가장 행복했던 일주일은 아직 오지 않았다고 생각한다. 미래에 대한 지나친 낙관인지도 모르지만 그런 생각이 든다.

나로서는 피치 못할 항공 사정으로 빈에 혼자서 5일간 머물러야 했을 때가 기억에 남는다. 혼자 여행하는 일이 별로 없어서, 빈에서의 5일은 특별했다. 일부러 만들기는 쉽지 않은 시간이었기 때문에, 어쩔 수 없이 내 앞에 놓인 그 5일의 빈 시간을 마음껏 향유하기로 했다. 혼자서 박물관 지구(Museum quartet)에 있는 미술관과 박물관을 며칠 동안 다 둘러보며 돌아다녔다. 저녁에는 빈 필하모닉의 연주를 듣고, 발레 공연도 보고, 사라 장의 연주도 들었다.

매일 미술관과 공연장에서 혼자 시간을 보낸 5일은 특별했다. 미술관에서 작품을 둘러보다 카페에서 커피를 마시며 앉아 있었다. 미술관마다 카페의 분위기는 다 다르다. 그 미술관에 맞는 카페의 분위기를 느끼면서 커피를 마실 때는 행복하다는 생각이 든다. 빠르게 지나가던 시간이 어느 순간 갑자기 나만을 위해서 멈춰준 느낌이어서 좋다.

사는 것 자체가 여행이다. 하지만 그 속에서도 가끔씩 멀리 떠나는 여행은 우리가 여행자라는 걸 한 번 더 돌이켜 보게 해준다. 그 여행에 음악과 미술, 건축이 더해지면 더할 나위 없이 아름다워진다. 살다 보면 슬픔도 때로는 힘이 되듯이, 아름다운 예술은 마음속의 공허함을 꽉 채워주는 힘이 된다.

인생을… 영화처럼… 그리고 인생을… 여행처럼…….

고층빌딩에서 강남 테헤란로의 복잡한 풍경을 내려다보며
강미은

가끔 떠나라.
떠나서 잠시 쉬어라.
그래야 다시 돌아와서 일할 때
더 분명한 판단을 내리게 될 것이다.
쉬지 않고 계속 일을 하다 보면 판단력을 잃게 되리니.

조금 멀리 떠나라.
그러면 하는 일이 좀 작게 보이고
전체가 한눈에 들어오면서
어디에 조화나 균형이 부족한지 더욱 자세하게 보일 것이다.

_ 인류역사상 가장 창의적인 인물로 평가받는 레오나르도 다빈치

Contents

Part 2 상자 밖에서 생각하라, 괴짜가 창조한다

Part 3 30+30+30의 인생

Part 4 내 마음 속의 타인, 나를 들여다보다

Part 5 왜 우리는 다 같이 이런 생각을 할까

Part 6 가장 독특한 방식으로 말을 거는 아트

Part 7 때로는 아무것도 안 할 자유 누리기

Part 1

누구나 마음속엔
영웅이 살고 있다

01

기회는 배를 타고 오지 않고
내부로부터 온다

발리의 짐바란 해변. 발리에 갈 때는 어디서 묵느냐에 따라서 그 느낌이
확연히 다르다. 물론 누구와 함께 가느냐가 더 중요하겠지만…

기회는 배를 타고 오지 않고 내부로부터 온다. 기회는 또 전혀 기회처럼 보이지 않는다. 불행이나 실패, 거부의 몸짓으로 변장해서 나타난다. 비관론자는 모든 기회에 숨어 있는 문제를 보고 낙관론자는 모든 문제에 감추어져 있는 기회를 본다.

재능 있는 사람이 덕 있는 사람을 못 따라가고, 덕 있는 사람이 복 있는 사람을 못 당한다고들 한다. '지장'이 '덕장'을 못 당하고 '덕장'이 '복장'을 못 당한다는 것이다. 사람들은 흔히 누군가에게 '운 좋은 사람'이라는 딱지를 붙이면서, 그 운을 잡기까지 그가 준비한 시간에 대해서는 별로 관심을 두지 않는다. 나는 운 좋은 사람에게는 다 그만한 이유가 있다고 믿는 편이다. 실력을 연마하는 것이 되었든 인맥 쌓기에 에너지를 총동원했든 '운' 뒤에는 항상 그의 '노력'이 있다. 실력이 없는데 높은 자리까지 갔다면 거기에는 나름의 처세술과 인맥 쌓기에 대한 노력이 있기 마련이다. 그것도 재주다.

영화 「해운대」의 윤제균 감독은 직장을 잃고 시나리오 쓰던 시절의 상황을 글로 썼다. 그 글에서 윤 감독은 자신이 직장을 잃지 않았더라면 시나리오 쓰느라 집에 틀어박혀 있지도 않았을 것이라며 당시의 '바닥 상황'을 오히려 기회라고 표현한다.

나의 영화 「해운대」가 기대 이상의 사랑을 받으면서 여러 매체들과 인터뷰를 하게 됐다. 수많은 질문에 대답하는 시간은 내 삶을 되돌아보는 과정이기도 했다. 얼마 전 한 인터뷰에서 "당신은 10년 후에 어떤 모습일 것 같습니까?"라는 질문을 받았다. 순간적이었으나 그 짧은 시간 동안 많은 생각이 스쳐 지나갔다. '난 과연 10년 후에 어떤 모습이 되어 있을까?' 그 대답을 하기에 앞서 이렇게 말했던 기억이 난다. "제 인생을 돌이켜 생각해보면 새옹지마(塞翁之馬)란 말이 생각납니다." 그것은 사회생활을 시작한 뒤 내 인생을 가장 정확하게 묘사하는 단어였다.

10년 전인 1999년, 나는 지극히 평범한 샐러리맨이었다. 아니, 경제적으로 상당한 어려움을 겪고 있던 가난한 샐러리맨이었다. 그에 앞서 1998년 4월에 결혼을 했고 그해 8월엔 한 달간 집에서 월급도 받지 못하고 쉬어야 했다. 우리나라가 IMF구제금융을 받는 외환위기를 겪으면서 내가 다니던 회사에서 무급휴직 제도를 실시했기 때문이다. 비록 월급은 나오지 않았지만 직장인들에게 한 달간의 휴가란 평생 다시 오기 어려운 소중한 기회다. 회사 동료들은 대부분 이 휴직기간에 해외여행을 떠났다.

나도 아내와 함께 외국여행을 가고 싶었으나 그럴 수 없는 중요한 문제가 하나 있었다. 돈이 없었던 것이다. 해외는커녕 3박 4일짜리 국내여행을 갈 만큼의 여유도 없었다. 그런 나 자신이 너무나 한심했다. 머릿속에서 '나는 왜 이렇게 가진 게 없는가'라는 생각만 맴돌았다. 종일 집에만 틀어박혀 있다 보니 자연스레 아내와의 다툼도 잦아졌고 또 커졌다. 다툼을 피하려면 외출해서 친구들이라도 만나야 할 텐데, 친구에게 소주 한 잔 살 돈조차 없는 처지가 한심해서 그러지도 못했다. 그때 내가 할 수 있는 일이라곤 골방에 처박혀 글을 쓰는 일뿐이었다. 어려서부터 영화를 좋아했던 나는 소설을 쓸 수는 없었지만 시나리오를 쓸 자신은 있었다. 그해 여름 한 달간, 나는 골방에서 시나리오를 썼다.

이것이 내가 영화감독이 된 첫걸음이다. 그때 썼던 시나리오 한 편이 다음 해인 1999년 시나리오 공모전에 당선됐고, 다른 감독에 의해 영화로 만들어졌다. 그 다음 썼던 시나리오 「두사부일체」로는 감독 데뷔를 하게 됐다. 그때 회사에 사표를 내고 영화에 모든 것을 걸게 됐다. 내 인생이 크게 원을 그리며 선회하기 시작했다. 만약 우리나라에 IMF사태가 없었더라면 나에게 한 달간의 무급휴직도 없었을 것이다. 설령 무급휴직을 했더라도 돈이 많았더라면 해외여행을 떠났지 골방에 처박혀 시나리오를 쓰지는 않았을 것이다. IMF와 무급휴직, 그리고 골방에서의 한 달이 결국 내가 1,000만 관객 영화의 감독이 되는 시발점이었던 것이다.

10년 전 나의 꿈은 무엇이었던가. 아마 그 당시 나의 꿈은 하루빨리 승진해서 좀 더 풍족한 급여를 받는 임원이 되는 것이었을 게다. 당시 내가 "1,000만 명 관객을 동원하는 영화감독이 되고 싶다"고 말했다면 아마 주위에 있는 모든 이들의 비웃음거리가 되었을 것이다. 그것은 흡사 초등학생 아이가 아무 생각 없이 "나의 꿈은 대통령"이라고 얘기하는 것과 별반 다를 게 없지 않았을까? 하지만 10년이 지난 지금 나는 회사 임원이 되고자 했던 그때의 꿈과는 전혀 다른 길을 가고 있다. 그것도 100퍼센트 내 의지가 아니라 어쩔 수 없는 상황이 새옹지마 격으로 연달아 벌어져 지금의 내가 된 것이다. 내가 잘났다는 말을 하려는 것이 아니다. 10년 후 자신의 모습은 그 누구도 모른다는 것이다. 당장 1년 후의 모습은 어느 정도 예측할 수 있겠지만 10년 후의 모습은 정말 아무도 모른다. 그래서 솔직히 10년 후의 내 모습은 가늠이 되지 않는다. 어쩌면 지금보다 훨씬 성공한 감독이 되어 있을 것 같기도 하고, 아니면 다시는 재기하기 어려울 정도로 힘들어질 수도 있을 것이다.

_ 조선일보, 2009년 9월 22일, 칼럼 「10년 전, 10년 후」

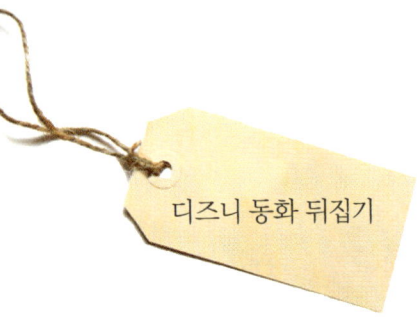

"두 사람은 오래오래 행복하게 살았습니다."

동화책의 결말은 하나같이 이렇다. 눈처럼 흰 피부, 앵두처럼 붉은 입술, 흑단처럼 검은 머리를 가진 「백설공주」도 왕자를 만나서 "두 사람은 오래오래 행복하게 살았습니다", 예쁜 죄로 마녀의 미움을 사 100년 동안 잠들었던 「잠자는 숲속의 공주」도 "두 사람은 오래오래 행복하게 살았습니다", 하룻밤 댄스로 왕자를 홀린 「신데렐라」도 "두 사람은 오래오래 행복하게 살았습니다"……

동화 속 공주들은 하나같이 하늘을 찌르는 미모에다가 백마 탄 잘생긴 왕자를 만나고, 하나같이 결혼해서 "두 사람은 오래오래 행복하게 살았습니다"로 끝난다. 「미녀와 야수」에서 드물게 야수였던 왕자도 끝내는 꽃미남으로 변해서 예쁜 처녀와 함께 행복하게 살았다.

정말 그랬을까? 정말 "두 사람은 오래오래 행복하게 살았습니다"가 되었을까? 그 어떤 동화도 결혼 후의 권태에 대해서는 말해주지 않는다. 꽃미남, 꽃미녀보다는 압도적으로 수가 많은 '일반인'의 삶에 대해서는 관심이 없다.

드림웍스가 만든 애니메이션 「슈렉」은 현실과 동떨어진 '동화적 환상'을 통쾌하게 뒤집는다. 슈렉의 첫 장면을 기억하는가? 영화 처음에 디즈니 동화책이 나온다. 동화책의 페이지가 넘어가다가 마지막에 "두 사람은 오래오래 행복하게 살았습니다"라는 페이지가 나온다. 슈렉은 그 페이지를 죽 찢어서 밑을 닦는다. 화장실에 앉아서 동화책을 읽던 슈렉이 마지막 책장을 찢어 뒤를 닦으면서 '전형'을 겨냥한 도발이 시작된다. 그래서 슈렉은 재미있다.

동화를 뒤집는 애니메이션은 통쾌함 때문에 인기 있다. 제목이 잘 생각나지 않는 디즈니 애니메이션이 있다. 그 동화 속에서는 공주를 구한 왕자가 마녀와 사랑에 빠져버린다. 청순가련형 캔디 공주보다는, '나쁜 여자'인 마녀의 매력에 푹 빠져버린다는 것이다. 그 이야기의 반전은 상당히 의미심장하다.

「인어공주」이야기는 어떨까? 자신이 살던 세계를 떠나기 위해 자기의 목소리를 내주는 대가로 인간의 두 다리를 갖고 왕자의 사랑도 차지한 디즈니 영화 인어공주 이야기는 환상이다. 원본은 인어공주가 사랑에 실패하고 물거품이 되어 사라지는 비극으로 끝난다. 너무 슬픈가? 동화는 동화일 뿐, 세상은 동화가 아니다.

발리의 짐바란 해변에서 저녁노을이
지는 것을 두 시간가량 지켜보았다.
그 환하던 하늘에 황금빛 노을이 드
리우기 시작해서, 바다가 짙은 청색
으로 변해간다. 드디어 검은 하늘과
바닷속에서 해변의 촛불만 일렁인다

모든 시작과 창조의 실행에 있어 한 가지 기본적인 진리가 있는데
그것을 모르면 수많은 아이디어와 빛나는 계획이 죽어버린다.
그 순간에 자신을 완전히 바치고 몰입하면, 그 후에 신의 섭리가 움직인다는 사실!
그리하지 않았다면 절대로 일어날 법하지 않을 일들이
정말로 눈앞에 펼쳐진다.
그 결심으로부터 흘러나온 모든 사건들은 강물이 되어 흐르고,
우연한 사건, 우연한 만남, 우연한 도움들이
모두 우리에게 유리하게 돌아간다.
그 누구도 자기에게 오리라고 꿈도 꾸지 못했던 것들이
다 내 편이 된다.

─ 괴테

02

그림자가 있는 곳에는 항상
밝은 빛이 있다

프라하의 성 앞에서. 프라하는 에너지가 폭발할 듯 살아 있는 도시다.
오래된 도시인데도 에너지가 살아 있다. 무섭게 살아 있다.

매일 날씨가 좋으면 사막이 된다.

수많은 싸움과 셀 수 없는 패배 끝에 성공할 수 있다는 점에서

장애물은 필수적이다.

싸움과 패배는 당신의 실력과 힘을 강화시키고,

용기와 인내력을 키우며, 능력과 자신감을 높일 것이다.

한마디로, 모든 장애는 당신을 발전시키는 동지이다.

_ 오그 만디노

그림자가 있는 곳에는 반드시 밝은 빛이 있다.

우리가 잘못 알고 있는 것이 하나 있다.

우리는 항상 완벽을 추구한다.

하지만 가장 본받아야 할 인생은

한 번도 실패하지 않은 것이 아니라 실패할 때마다 조용히,

그러나 힘차게 일어서는 것이다.

아무리 힘든 일이라도 해결책은 있게 마련이다.

그림자가 있는 곳에는 반드시 밝은 빛이 비친다.

_ 톨스토이

미국에서 10년을 살면서, 나는 사막을 느꼈다. 날씨가 매일 좋아서가 아니라, 너무 심하게 거칠어서 그랬던 것 같다. 소소한 즐거움이 없었던 것은 아니지만, 전체적으로 보면 회색빛 그림 같았다. 바닥이라는 생각도 많이 했다. 그럴 때 나의 선배는 늘 내게 힘을 주었다.

"바닥을 치고 나면 올라갈 일 밖에 없어. 걱정 마."

선배의 말은 큰 힘이 되었다. 내가 바닥이라는 생각을 할 때마다 들었던 노래가 있다. 머라이어 캐리의 'Hero'다. 네 안에 있는 힘을 끄집어내라는 그 노래가 나의 테마송이랄까? 그랬다.

당시 미국 드라마 「앨리 맥빌」을 즐겨 보았다. 여자 변호사가 주인공으로 나오는데, 법정 드라마와 로맨틱 코미디를 절묘하게 섞어놓은 드라마다. 주인공 앨리 맥빌이 힘들어하면서 상담을 받으러 가자 심리상담사는 테마송을 정해 오라고 한다. 기분이 가라앉고 슬퍼질 때 혼자서 머릿속에 부를 수 있는 테마송이 꼭 하나 있어야 한다는 것이다. 테마송은 너무 처져도 안 되고, 슬퍼도 안 된다. 힘을 주는 테마송이어야 한다. 그래서 사막 속에 살던 나의 테마송은 머라이어 캐리의 'Hero'가 되었다. 나는 그렇게 생각한다. 누구에게나 영원한 사막은 없다고……

프라하 성의 감옥 입구. 한때는 이 감옥 속에 갇혀서 일생을 보내야 했던 사람들도 있으리라. 그 이유는 다양했겠지. 말도 안 되는 이유도 있었을 테고…

프라하의 골든 레인 카프카가 살면서 글을 썼던 집도 남아 있다.
조그마한 집들이 동화 같은 색깔을 칠하고 줄을 지어 서 있다. 사
람 하나가 겨우 들어갈 만한 문들 속에서 동화 같은 향기가 난다

실패하지 않을 수 있는 유일한 길,

처음부터 잘되는 일은 아무것도 없다.

실패, 또 실패, 반복되는 실패는 성공으로 가는 길의 이정표다.

당신이 실패하지 않을 수 있는 유일한 길은

당신이 아무런 시도도 하지 않는 것이다.

사람들은 실패하면서 성공을 향해 나간다.

_ 찰스 F. 키틀링

빨간색 페이퍼 클립의 기적

빨간색 페이퍼 클립을 가지고 있던 사람이 있었다. 그는 그걸 가지고 재미있는 게임을 해보기로 했다. 빨간색 페이퍼 클립을 무언가와 바꾸는데, 반드시 그것보다 값어치 있는 것으로 바꾸는 것이다. 인터넷에 그의 아이디어를 올렸다. 빨간색 페이퍼 클립을 펜과 바꾸겠다는 사람이 나타났다. 그리고 그 펜은 다시 방문에 달린 손잡이와 교환되었다. 다음 단계에서는 캠핑 스토브와 맞바꿔졌다. 이렇게 해서 1년이 지났다. 마지막에는? 2층짜리 집과 교환되었다. 빨간색 페이퍼 클립이 2층짜리 집으로 변신한 것이다. 2층짜리 집을 준 사람은 무엇을 받고 교환을 했을까? '할리우드 영화 출연권'이었다. 위키피디아에서 'red paper clip'을 쳐보시라. 이 재미있는 스토리가 있다.

프라하는 도시 곳곳이 예술품이다. 어디에 카메라를 갖다 대도 그림이 나온다. 무심하면 무심한 대로, 정성을 쏟으면 정성을 쏟은 대로 이 도시는 살아 있다

03

더 큰 꿈을 꾸면
더 크게 자란다

두바이의 7성급 호
텔 버즈 알 아랍의
로비. 두바이의 경제
가 나빠졌다고 해도
이 호텔은 여전히 전
세계에서 온 손님들
로 북적이고 있었다
썬

일본인들이 많이 기르는 관상어 중에
코이라는 잉어가 있다.
이 잉어를 작은 어항에 넣어두면
5~8센티미터밖에 자라지 않는다.
그러나 아주 커다란 수족관이나 연못에 넣어두면
15~25센티미터까지 자란다.
그리고 강물에 방류하면
90~120센티미터까지 성장한다.

코이는 자기가 숨 쉬고 활동하는 세계의 크기에 따라
조무래기가 될 수도 있고 대어가 되기도 하는 것이다.

꿈이란 코이라는 물고기가 처한 환경과도 같다.
더 큰 꿈을 꾸면 더 크게 자랄 수 있다.
꿈의 크기는 제한을 받지 않는다.

성공하는 삶은
항상 커다란 꿈과 함께 시작된다.
꿈이라는 밑천은 바닥을 드러내는 일이 없으며,
계속 도전하도록 열정을 분출하는
무한의 에너지이다.

_ 필 도라도, 『리더십 에센스』에서 인용

04

당신 안의
강점을 찾아라

바르셀로나의 공원. 해 질 녘의 어
슴푸레한 빛과 비오는 날의 감상이
뒤섞여 이런 분위기를 만들었다

누구나 강점과 약점이 있다. 대부분의 사람은 자신의 약점을 커버하는 데 에너지를 쓴다. 그러다 보면 자신이 원래 갖고 있는 강점에 소홀해진다. 한정된 에너지와 시간을 가지고 성공하기 위해서는 자신의 강점을 키워야 한다. 그렇기 때문에 나는 많은 직장인이 새벽에 영어학원에 다니고 중국어를 배우는 등 못하는 것을 잘하기 위해 너무 많은 에너지를 쓰는 건 아닌지 우려한다.

마커스 버킹엄이 쓴 『위대한 나의 발견, 강점혁명(Now, Discover Your Strengths)』이라는 책이 있다. 버킹엄은 심리학자로 「포춘」지가 뽑은 500대 기업과 학교, 스포츠팀을 컨설팅하고 있다. 또한 '강점 발견 프로그램'을 고안해 모두가 자신의 재능과 강점을 통해서 행복해질 수 있도록 인도하는 '긍정심리학'을 연구한다. 그에 따르면 극소수의 사람만이 자신이 무엇을 좋아하는지 알고, 자신이 좋아하는 일을 직업으로 삼으면서 성과를 낸다고 한다. 난타의 송승환 대표는 "나는 내가 하는 일을 일이라고 생각한 적이 한 번도 없다"고 말했다. 성공한 사람은 자신의 강점을 찾고, 그것을 직업으로 삼으며, 강점에 힘을 집중한 사람이다.

'투자의 현인'으로 불리는 워런 버핏도 "나는 매일 아침 일어나 하고 싶은 일을 한다. 이것이야말로 성공의 비결이다"라고 말한다. 워런 버핏이 대인관계가 좋거나 결정을 내리는 방식이 반드시 뛰어난 것은 아니다. 인간성이 최고로 좋은 사람으로 손꼽히지 않을 수도 있다. 하지만 그는 자신이 가장 좋아하는 일에 열정적으로 매달릴 수 있었고, 그 열정 덕분에 성공했다.

최근에 나온 『구본형의 필살기』도 이 문제에 대한 해답을 제시한다.

"필살기는 가장 잘할 수 있는 죽여주는 기술이다. 평범한 재능을 비범하게 숙성시키기 위해 내일이 없는 듯 오늘을 다 던져 얻어내는 것이다. 그것은 동시에 우리 자신을 걷어차 앞으로 나아가게 한다. 그것은 혹독한 경쟁에 시달리고 일에 지쳐 무기력해진 이 시대의 직장인들에게 반드시 필요한 전략이다."

평범을 벗어나는 길은 한 가지에 탁월해지는 것이다. 지극히 평범한 사람이라도 한 가지 분야에는 통달할 수 있다. 물러설 수 없는 그 한 가지, 그것이 바로 필살기다. 죽을 때까지 하고 싶은 일을 즐겁게 하면서 평생 현역으로 남고 싶다면 필살기를 연마하라.

바르셀로나 미술관의 작품. 천정에 침대가 붙어 있다. 로비를 지나가다 보면 천정에 붙어 있는 침대를 보고 깜짝 놀라게 된다. 익숙한 것을 낯설게 보는 경험이다

05

비가 영원히
내리지는 않는다

유럽 여행 중에 어느 조그만 도시에 있는
뫼벤픽 호텔에 묵었다. 강을 끼고 있는
호텔이어서 소박한 아름다움이 있었다.
비가 오면서 햇볕이 쨍쨍한 가운데 조깅
하는 사람들이 보였다. 비는 언제 내렸나
싶게 말갛게 걷혔다. 아무리 비가 많이
와도, 비가 영원히 계속 내리지는 않는다

Be strong now
because things will get better.
It might be stormy now
but it can't rain forever.

If you want the rainbow,
you gotta put up with the rain.

성공은 실패가 쌓여서
이루어진다

Wieskirche. 유네스코 문화유산으로 지정되었다. 드넓은 초원 한가운데 이 교회만 똑 떨어져 있다. 유럽에 흑사병이 심하게 번질 때, 이 교회에 모여 있던 사람들만 살아남았다고 한다

펜실베이니아 주립대학교의 한 교수가

체조 선수들을 대상으로 연구한 결과,

뛰어난 선수들은 보통 두 가지 특징이 있음을 알아냈다.

첫째, 완벽주의자가 아니다.

둘째, 지나간 실수를 마음에 담아두지 않는다.

그들은 완벽이나 실수에 연연하지 않고

앞으로의 도전에만 집중한다.

수학자들은 실패를 확률로 말한다.

과학자들은 실패를 실험이라고 한다.

수많은 성공은 모두 실패가 쌓이고 쌓여서 이루어진 것이다.

실패는 성공에 꼭 필요한 과정이며 가장 중요한 투자다.

실패를 원하지 않는 것과 실패를 인정하지 않는 것은 모두 잘못된 행동이다.

가장 많이 실패한 사람은 가장 많은 잠재력을 가지고 있다.

넘어지면 넘어질수록 얻는 것도 많다.

뿐만 아니라 빨리 넘어질수록 좌절에 대한 인내심 역시 강해진다.

_류가와 미카, 『서른, 기본을 탐하라』 중에서

Wieskirche의 화려한 내부. 밖에는 흑사병이 도는데, 이 화려한 교회에 모여앉아서 사람들은 서로를 위로했다

07

아무도 가지 않은 길을 가기
위해서는 용기가 필요하다

확실한 것에는 기회가 없다.
그래 맞네, 잘못된 길이지!
이렇게 '잘못된 길'만이 족적을 남길 수 있는 거야.
아직 단단하게 굳지 않은 땅,
즉 새로운 분야로 가야만 깊은 발자국을 남길 수 있다네.
이미 단단하게 굳은 땅,
그러니까 많은 사람들이 수없이 거쳐 간 곳에는 발자국이
찍히지 않아.

_ 윤태익, 『뜻길돈』 중에서

사람들이 정말 원하는 건 뭘까? 결국은 돈도 명예도 아니다.
바로 '사랑'이다. 구글에서 'love'를 치면 92억 개의 사이트
가 뜬다. 'love'로 쳤을 때 가장 위에 뜨는 사이트는 'love
calculator'다. 'sex'를 검색하면 47억 개 사이트가 뜬다. 결
국 사랑보다는 하위 개념이라는 셈이다. 그런데 구글에서 가
장 많이 검색된 단어는 뭘까? 바로 'the'다.

밀라노 대성당 근처의 미술관 앞에 세워진 작품. 대성
당을 배경으로 보니 옛것과 새것의 조화가 특이하다

남이 가지 않은 길을 혼자 가서 성취한 사람들은 그래서 대중을 매혹한다. 여기서 중요한 키워드는 '남이 가지 않은'과 '성취'다. 남이 다 갔던 길은 특별할 것이 없다. 그리고 남이 가지 않은 길을 가더라도 성취로 연결되지 않으면 흔적조차 사라져 버린다. '쇼'의 광고 문구처럼 '세상에 없던, 세상이 기다리던 쇼'라야 하는 것이다. 세상에 있던 것은 별로 새로울 게 없다. 세상에 없던 거라도 세상이 기다리던 것이 아니면 영향력이 없다.

남이 가지 않은 길을 간 이들의 용기와 상상력, 실행력은 사람을 매혹하는 힘이 된다. 아무도 가지 않은 길을 새로 개척하려면 용기가 필요하다. 아무도 가지 않았기 때문에 성공할지 실패할지도 모르고 불안하다. 반면에 많은 사람들이 가는 길로 가면 일단 불안하지는 않다. 실패하더라도 '묻어갈' 수 있다. 그래서 우리는 아무도 가지 않은 길을 두려워한다.

확실한 길은 안전하지만 그곳에는 기회가 별로 없다. 확실한 길을 버린다고 다 되는 건 아니지만, 새로운 도전을 하지 않으면 창조의 기회도 없다. 새로운 생각으로 새로운 길을 여는 일은 어렵다. 하지만 그 새로운 길이 '콜럼버스의 달걀'이 될 때 대중을 매혹할 수 있다. 지금 보면 너무나 당연한 일이지만 새로 시작할 때는 혁명적이기까지 한 아이디어들이 그렇다. 관점의 변화는 그래서 중요하다. 시각을 바꾸면 익숙한 것에서 새로운 길을 발견하게 된다. 그리고 그런 새로운 생각은 대중을 매혹한다.

나는 강연을 할 때 가끔 청중에게 이런 말을 한다.

"닌자 거북이를 다섯 번 크게 외쳐보세요."

그러면 청중이 입을 모아 "닌자 거북이, 닌자 거북이, 닌자 거북이, 닌자 거북이, 닌자 거북이" 한다. 그러고 나서 내가 문제를 낸다.

"세종대왕이 만든 배의 이름은 무엇인가요?"

그러면 청중은 입을 모아 큰소리로 대답한다.

"거북선!"

대답을 하고 나서 3초쯤 지나면 다들 스스로 웃게 된다. 세종대왕은 거북선을 만든 적이 없다. 거북선은 이순신 장군이 만들었다. 너무 뻔한데도 '닌자 거북이'를 다섯 번 외쳤기 때문에 자연스럽게 '거북선'이 나오는 것이다. 일단 한 번 일정한 방향으로 생각의 틀이 잡히면 거기서 벗어나기가 힘들다. 새로운 생각을 하려면 고정관념의 틀을 벗을 수 있어야 한다. 고정관념의 장벽은 두텁다. "입술을 붙이지 않고 코카콜라라는 단어를 말해 보세요" 하면 모두들 얼굴 표정을 이상하게 만들면서 입술을 붙이지 않으려고 노력한다. 그런데 원래 '코카콜라'는 입술을 붙이지 않고도 말할 수 있다. 해보시라.

'틀'이 주어졌을 때 우리가 얼마나 그 '틀'에 충실하려고 하는지 무의식적인 반응을 되돌아보게 될 것이다. 주어진 틀에 안주하지 않고, '내가 가면 길이다'라는 자신감과 도전정신으로 삶에 뛰어들 때 인생은 새로워진다.

이 아저씨와 아들이 자전거를 타고 알라노의 문제 나폴레오네 거리를 달린다. 이 장면이 왠지 귀여워서 찍었다

08

책장만 넘겨라,
책은 덮지 마라

미국에서 공부를 할 때가 내 인생에서 가장 힘든 때였다. 앞이 안 보이고, 무엇을 위해서 이렇게 힘들게 사나 싶을 정도였다. 개인적으로도 견디기 힘든 시기였다. 그때 힘을 준 구절이 있다.

Move on.

It's just a chapter in the past.

But don't close the book.

Just turn the page.

힘든 시기도 과거의 한 챕터에 불과하다.

책을 덮지 마라.

책장만 넘겨라.

그리고 앞으로 나아가라.

알프스 근처의 린다우(Lindau). 바다나 강, 호수를 마주할 때면 사람들은 늘 인생을 되돌아보게 된다

100살 수명과
1만 시간의 법칙

바르셀로나에 있는 가우디의 카사밀라. 평생 결혼도 하
지 않고, 조그마한 방에서 검소하게 살았던 가우디. 하지
만 그의 작품은 가장 아름다운 물결로 건축사에 빛난다

매일 정신이 아득할 정도로 많은 시간을 연습에 쏟고 나면
이상한 능력이 생긴다.
다른 선수들에게는 없는 능력이 생긴다.
예를 들면 투수가 공을 던지기 전부터
그 공이 커브냐, 직구냐를 알 수 있게 된다.
그리고 날아오는 공이 수박 덩어리처럼 크게 보이게 된다.

_ 행크 에런(미국의 전 야구선수)

말콤 글래드웰의 『아웃라이어』는 최소한 1만 시간의 투자가 있어야 최고의 경지에 오른 전문가가 된다고 말한다. 하루에 8시간씩 투자한다고 했을 때, 5년을 투자해야 한다. 그 정도 시간을 집중적으로 투자하기가 어렵다면, 하루에 몇 시간씩만 투자하더라도 10년이면 누구나 특정 분야에서 최고가 될 수 있다. 사람의 평균 수명이 100세가 된다고 하면, 이제는 지금 가지고 있는 커리어만 가지고는 살아갈 수 없다. 제2, 제3의 커리어가 있어야 한다. 그리고 100세까지 살게 되면 충분히 10년을 어딘가에 새로 투자할 시간적인 여유가 있다.
발레리나 강수진의 찌그러진 발 사진은 1만 시간 이상의 노력을 한눈에 보여준다. 세계적인 피아니스트나 골프 대가들의 지독한 연습과 훈련은 늘 기삿거리가 되었다. 그런데 왜 발레, 골프, 피아노 같은 예체능계의 노력과 연습만 생각하는가? 글쓰기도 마찬가지다. 소설가 김훈 선생은 책상머리에 '닦고 조이고 기름 치자'라고 써 붙여놓았다고 한다. 무슨 용접공도 아닌데, 글쓰기도 '닦고 조이고 기름 치면서' 계속 열심히 해야 한다는 것이다.

생각해보면, 나의 미국생활 10년도 이 '1만 시간의 법칙'에 들어맞는다. 석사, 박사, 미국 대학교수까지 거치면서 10년간 나는 새벽 3시 이전에 잠을 자본 적이 거의 없다. 읽어야 할 책과 논문, 해야 할 과제, 수업 준비 등이 너무 많아서 새벽이라야 잠을 청할 수 있었다. 다 따지고 보면 1만 시간이 훨씬 넘으리라. 그 덕분에 박사도 마치고, 미국 대학교수를 거쳐 지금 이곳에 있는 것이리라. 그 후 10년이 흐른 지금, 나는 다시 1만 시간을 투자해야 할 시점에 와 있다고 본다.

글쓰기와 책읽기는 언제나 나를 매혹한다. 모든 책이 그런 건 아니고, 내공을 갖추고 글의 '맛'이 살아 있는 책들이 그렇다. 글쓰기에 몰입할 때는 매우 즐겁다. 어떤 때는 내가 글을 쓰는 게 아니라 그냥 손이 가는대로 써진다는 느낌을 받을 때도 있다. 다 써놓고 보면 마음에 드는 글이 나와 있어서 흡족한 그런 경우다. 내 마음에도 드는 내 글은 대체로 이런 몰입의 과정을 통해서 써지는 것 같다.

박사학위는 운전면허에 불과하다. 운전면허가 있다고 운전을 잘하게 되는 건 아니다. 레이싱카를 몰 정도의 실력은 더더욱 아니다. 끊임없는 자기연마를 통해서 체화된 지식을 축적하고, 그 지식을 메타 지식으로 전파할 수 있는 것이다. 평균 수명 100세 시대에는 누구든지 좋아하는 일에 1만 시간을 투자할 필요가 있다.

바로셀로나의 카사밀라 꼭대기. 가우디의 건축에서 직선이란 없다. 모든 것이 곡선이다. 자연에 직선이 없는데, 건축에 어떻게 직선이 있느냐는 것이 그의 생각이었다

10

산에
오르지 못하는 이유는…

알프스의 빙하를 보러 갔다. 빙하가 꽤 많이 녹아 있다. 몇 년 전만
해도 두꺼운 빙하였는데, 너무 많이 녹았다고 놀라는 일행도 있었다

산에… 오르지 못하는 이유는……
……산에 오르지 않기 때문이다…….

알프스를 오르는 방법은 다양하다. 먼저, 자전거가 있다. 해발 2,600미터 지점에서 만난 자전거 선수(거의 선수처럼 보인다). 힘든가 보다. 하긴 평지에서 해발 2,600미터까지 자전거를 타고 오다니 대단하다

다음은 오토바이다.
자전거보다는 덜 힘들겠지

다음은 가장 힘든 방법이다. 스키 연습을 하는 건지, 도로 위에서 스키를 끌고 알프스를 오르고 있다. 이 사람도 거의 해발 2,700미터까지 올라왔다

알프스의 들판에 놓여 있는 자전거 두 대. 무척 사이가
좋아 보인다. 물론 그 안에는 많은 이야기가 있을 테고…

11

'알았다'는 말의
진짜 의미

바르셀로나의 레스토랑 트라갈루스(Tragaluz)에서 먹은 음식. 음식은 감동적이었다

내공은 본질(substance)에서 나온다. 스타일(style)은 부차적인 문제다. 스타일만 있으면 공허하다. 그렇다고 내용물은 좋은데 스타일이 좋지 않으면 빛이 안 난다. 이 두 가지가 모두 있을 때 예술이 된다. 음식이나 대화도 마찬가지다. 음식이 예술이 되려면 내용도 좋고 스타일도 있어야 한다. 모임에서의 대화도 역시 내용도 좋고 재미도 있어야 한다. 공허한 말이 오가는 모임, 정말 허무하다.

경영을 예술처럼 하는 한 기업인이 이런 이야기를 했다. 그 기업에서는 "알겠습니다"라는 말 대신에 "즉시 실천하겠습니다"라고 한단다. 알고 실천하지 않으면 소용이 없기 때문이다. "알았다"는 말이 무서운 건 그 때문이다. "알았다고 했지, 언제 그렇게 한다고 했냐"라고 나오면 끝이다.

기자가 CEO를 인터뷰하러 오면 이 회사에서는 가장 말단 직원을 인터뷰하라고 한단다. CEO야 회사에 대해 포장할 수 있고 그럴듯하게 이야기하면 그만이지만, 말단 직원은 그럴 필요가 없다. 그래서 그들의 이야기를 들으면 회사의 진솔한 모습이 나온다는 것이다. 자신이 있으니까 그렇게 말할 수 있으리라…….

맛있는 음식을 먹으러 다니는 모임이 있다. 모임에서 식사를 하면서 영화「해운대」의 투자회사 사장에게 "과속스캔들도 그렇고, 해운대도 그렇고, 성공한 영화에는 늘 투자자로 이름이 나오시더군요"라고 올려(?) 드렸다. 그러자 그는 "서희가 투사해서 실패한 영화는 많이 안 보셔서 그렇습니다. 성공한 영화를 많이 보게 되니, 다들 거기 나오는 이름만 기억하는 거죠. 실패도 많이 했습니다"라고 한다.

우리는 다른 사람의 성공만 본다. 그 성공이 있기까지 얼마나 많은 실패를 거쳐 왔는지는 생각하지 않은 채. 실패 없는 성공이 어디 있을까. 오늘의 실패는 내일의 성공을 위한 시도라고 보면 될 것 같다.

바르셀로나의 레스토랑 트라갈루스. 전체가 유리로 되어 있어 인상
적이었다. 비나 눈이 오는 날, 여기에 앉아 있으면 환상적일 거다

12

25자 이내로
말하는 훈련

미국 엔터테인먼트의 메카 라스베이거스의 『오 쇼』. 라스베이거스는 더 이상 도박의 도시가 아니다. 상상력의 극치를 보여주는 종합 엔터테인먼트의 도시다

미국에서 박사과정에 있던 시절, 지도교수는 학생들에게 늘 '25단어' 훈련을 시켰다. 수업시간에 학생들에게 어떤 질문을 한다. 학생이 거기에 대해서 전문용어로 점철된 길고 지루한 답변을 한다. 그러면 교수는 학생에게 다시 요구한다.

"방금 학생이 한 이야기를 25단어 이내로 줄여서 다시 말해보세요."

그러면 학생은 다시 핵심적으로 요약한 답변을 해야 한다. 25단어 이내로 다시 말해야 하는 것이다. 내가 박사 논문을 쓸 때, 주제에 대해 이야기했을 때도 마찬가지였다. 교수는 논문의 주제를 간결하게 25단어 이내로 이야기해보라고 했다. 그러면서 덧붙였다. 박사 논문의 주제라고 해서 어렵게 말해야 하는 것이 아니라, 집에 있는 나이 든 어머니가 들어도 이해할 수 있도록 간결하고 쉽게 이야기하는 훈련을 해야 한다…….

이 훈련은 상당히 효과적이었다. 어떤 종류의 메시지라도 간결하게 핵심을 짚어내는 훈련이 되었다. 이제는 아무리 복잡한 사안이라도, 미리 준비하면 한 문장이나 두 문장으로 요약할 수 있다. 요약이 안 된다는 것은 자신의 머릿속에 명쾌하게 정리가 안 되었다는 뜻이다.

25단어로 짧게 말해서 메시지가 전달되려면 아무 단어나 가지고 와서 나열하면 안 된다. 추상적이고 모호한 단어를 나열할 여유는 없다. 가장 핵심을 찌르고, 가장 필요한 단어만으로 문장을 만들어야 한다. 군더더기가 들어갈 여지는 없다.

라스베이거스 벨라지오 호텔 천장에 있는 데일 치훌리의 유리공예 작품. 그 거대한 규모와 환상적인 아름다움에 넋을 잃게 된다.

13

굶은 때로 가혹하다

노르웨이 오슬로에서 만난 밤의 물 색깔. 이 푸르디푸른 물 색깔에 마음이 시렸다

꿈을 이루지 못한 사람은 꿈이 가혹하다는 걸 안다. 넘어져 본 사람은 넘어졌을 때의 고통을 안다. 넘어져서 피가 난다고 생각했는데, 나중에 보니 무릎에 붙은 빨간 단풍잎인 경우도 있다. 넘어졌다가 일어나본 사람은 일어나기까지 자기와의 싸움이 얼마나 힘든 것인지 안다. 살면서 한 번도 넘어지지 않는 사람은 없다. 넘어지는 것이 문제가 아니라, 넘어진 후에 일어나지 못하는 것이 문제다. 넘어질 때 일어설 수 있어야 하는데, 말처럼 쉽지가 않다.

사람에게는 여러 가지 감옥이 있다고 한다. 우선 비판의 감옥이 있다. 단점만 눈에 보이고, 잘못된 점만 눈에 보여서 비판으로 일상을 도배하는 삶은 불행하다. 그런가 하면 자기도취의 감옥도 있다. 내가 제일 잘났다는 자기도취가 공주병이나 왕자병으로 끝나면 다행인데, 도를 넘어서 주변에 상처를 주기도 하니 문제다. 절망의 감옥에 갇히면 위험하다. 어둠을 탓하기보다는 촛불이라도 하나 켜는 것이 낫다. 과거지향의 감옥도 있다. 한때는 시대를 풍미했다는 자부심으로 늘 과거만 돌아보면서 살면 힘들어진다. 선망의 감옥과 질투의 감옥도 있다. 내가 가진 것은 보이지 않고, 남이 더 가진 것만 보일 때 마음의 평화나 행복은 없게 마련이다. '포춘 500'에 속하는 기업체 CEO들의 성격은 모두 다르지만 이들에게 공통적인 특징 두 가지가 있다고 한다. 매우 건강하고, 엄청나게 긍정적이라는 점이다.

노르웨이는 바이킹의 후예답게 바다와 배가 곳곳에 늠름하게 자리 잡고 있었다. 바다 색깔은 아침
과 점심, 저녁이 모두 달랐다. 그 바다 색깔의 변화를 지켜보기 위해서 새벽과 낮, 저녁, 밤까지 같
은 곳을 계속 가봤다

Part 2

상자 밖에서
생각하라,
괴짜가 창조한다

Büros mit Aussicht

Büros im WestendGate

01

창의성은
재미에서 나온다

뮌헨 현대미술관에 설치된 벤야민 베르크만(Benjamin Bergmann)의 작품 「deep down bright day」. 그의 작품은 신선하게 충격적이다. 사진으로는 다 안 보이지만, 계단의 양쪽에 천정에서부터 바닥까지 닿는 대형 작품이다

내가 아는 신문사 여기자 한 명이 파리에서 유학을 했다. 그러고 나서 파리 여행기를 책으로 냈다. 그녀가 보내온 책을 보니 요즘 트렌드에 딱 맞는 접근이었다. 감성적이면서도 진솔한 경험의 공유…
그것이 그 책의 매력이었다. 결국 잘 팔리는 책이 되었다.

두바이의 한 쇼핑몰에 있는 조형물. 폭포수가 흐르고, 사람들이 다이빙하는 모습을 형상화했다. 보는 이를 압도하는 규모다.

그런데 여기자가 그 책을 신문사의 국장과 부장에게 선물했더니 책을 보고 나서 이렇게 말하더란다. "책 속에 팩트가 없잖아!" 또 누군가 덧붙였다. "지도도 없네!" 이 이야기를 듣고 얼마나 웃었는지 모른다. 여행 책이라면 정보와 팩트로 가득하고 지도가 정확해야 한다는 생각… 그러한 고정관념이 요즘 세상과 얼마나 맞지 않는 건지……

창의성은 재미에서 나온다. 즐거움에도 창의성이 필요하다. 똑같은 일을 하더라도 재미있게 하는 게 좋다. 이런 창의적인 발상을 마음껏 보여줄 수 있는 공간이 인터넷이다. 블로그를 통해서 대중을 매혹하는 사람들이 늘었다. 이제 블로그는 그저 웹 공간에서 취미 활동을 하는 정도가 아니다. 그 취미 공간의 영향력이 지대해지면서 상황은 달라졌다. 하루 방문자 수가 수만 명에 이르는 사이트는 이제 단순한 개인의 영역이 아니다. 그런 공간에 발걸음이 이어지고, 그 걸음에 뒤를 이어 '펌질'이 계속된다.

블로그의 힘은 대단하다. 블로그를 통해 세상을 매혹한 사람들에게 그것은 인생의 터닝포인트다. 블로그의 매력은 진솔함에 있다. 상대방이 자신의 내면을 진솔하게 드러낼 때 우리는 감동을 받는다. 사적인 세계의 인간적인 진솔함을 내보일 때, 잘못이 있더라도 비난보다는 이해를 받게 된다. 진심은 마음으로 느껴지는 것이다. 그래서 마음의 진심은 말이 아니라 느낌으로 전달된다.

감성적인 여행기의 인기는 서점에 가보면 금세 알 수 있다. 예전과는 달리 지금은 정보 중심의 지도책 같은 여행서보다 감성적인 여행기가 인기다. 여행지에 대한 정보는 인터넷에 검색만 하면 넘쳐난다. 그렇기 때문에 점점 더 사적인 '경험'의 공유가 중요해지고 있다.

이제는 블로그로, 유튜브로, 거침없이 세상과 진솔한 소통을 한다. 자신을 있는 그대로 보여주면서 세상을 매혹한다. 인터넷 공간은 정보시장에서 완전경쟁 시장이다. 얘기가 안 되거나 재치 없는 콘텐츠는 외면당한다. 인터넷 공간은 집단 지성으로 계속 진화하고 있다. 자유분방하고 재치 있는 동영상, 블로그, 사진 등의 창작물이 가득하다.

자신이 만든 동영상을 올리는 순간, 그 세계의 평가는 냉혹하리만큼 명확하다. 자신의 동영상에 몇 번의 접속이 있었는지, 몇 명의 방문자가 그 동영상을 보고 별표를 매기는 수고를 했는지, 별 다섯 개를 기준으로 내 작품이 몇 개의 별을 받았는지가 즉각 나온다. 인기 있는 창작물에는 50만 건의 조회 수가 기록된다. 별 다섯 개 만점도 받는다. 인기가 없으면 순위에서 밀려 잘 보이지도 않는 곳에 배치된다.

수많은 사람들이 자신의 창작물을 올리다 보니, 창의력과 유머 감각, 재치가 번득이는 작품들이 많다. 1천 명의 보통 사람이 있다면, 대부분은 그저 인터넷에 올라온 작품들을 보고 지나친다. 그중에 10퍼센트 정도만 무엇을 만들어낸다고 해도 1백 명이다. 1백 명의 작품 중에서 쓸 만한 것이 한두 개만 나온다고 하자. 이것을 전 세계 인구로 확대해 계산하면 엄청난 양이다. 유튜브에는 전 세계인들이 매일 1억 개의 동영상을 올리고 있다. 이 중에서 1퍼센트만 볼 만한 것이어도 도대체 몇 개인가?

이제는 보통 사람의 열정이 전문직업인을 압도한다. 'The rise of professional amateur'의 시대다. 이제 콘텐츠를 생산하는 데 있어서 경력이나 자격증, 계급장은 그 의미가 퇴색되고 있다. 누구나 계급장 떼고 한판 대결을 벌일 수 있는 시대다. 계급장이 아니라 내용으로 승부하는 것이다. 문화 콘텐츠의 주도권이 보통 사람들에게 넘어가고 있는 것이다. 사적 영역인가 공적 영역인가는 이제 생산자가 결정하는 것이 아니라 수용자가 결정한다. 수평적 의사소통의 시대에는 자신을 아낌없이 드러내고, 다른 사람의 생활을 엿보는 것이 일종의 오락이 되었다. 인터넷에서는 마음껏 자신을 드러내는 열풍이 서로를 매혹한다. 재미로 하는 일이 창의적인 작업이 되고, 그 창의성에서 예술성이 꽃핀다. 일이 좋고 재미있다는 사람을 당해낼 수는 없다. 창의성은 재미에서 나온다.

유영만 교수는 이런 말을 했다.

창조적 상상력은 어린아이와 같은 순진무구한 질문에서 나온다. 질문하지 않으면 호기심이 죽고 호기심이 죽으면 창의력이 실종된다. 스탠포드 대학에서 한 사람의 5세와 45세 때를 비교 연구한 적이 있는데, 그 결과가 자못 흥미롭다.

우선 5세 때는 하루에 창조적인 과제를 98번 시도하고, 113번 웃고, 65번 질문했다.
반면 45세 때는 하루에 창조적인 과제를 2번 시도하고, 11번 웃고, 6번 질문했다.

상상과 창조는 질문을 먹고 산다. 묻는 사람은 5분 동안만 바보가 되지만 묻지 않는 사람은 영원히 바보가 된다.

뮌헨 현대미술관에 있는 앤디 워홀의 작품

02

창의성이라는 걸
가르칠 수 있는가?

뮌헨의 레지던스 뮌헨에서 자전거
를 타고 시내를 돌아다녀 보고 싶다

퀴즈 하나. 빈칸에 들어갈 공통적인 영어단어를 찾으시오. 참고로 이 문제는 미국 초등학생들의 90퍼센트는 다 맞힌다. 그런데 하버드 대학생들은 5퍼센트 정도만 정답을 맞힌다. 그러므로 이 문제를 못 맞히면 하버드 대학생 수준, 맞히면 초등학생 수준이다.

(   ) is greater than God.
(   ) is more vicious than the devil.

과연 하느님보다도 더 위대하고 악마보다도 더 사악한 존재는 무엇일까?

이 문제를 내보니, 정말 어른들은 다 못 맞혔다. 'mom', 'human' 'woman', 'money' 등 온갖 답을 추측했지만 다 틀렸다.
정답은 'Nothing'이다.

이 문제를 듣고 아는 분이 집에 가서 초등학생 딸에게 물어보았단다. 문제를 듣고 초등학생 딸아이가 당장 하는 말,
"아빠, 그런 게 어디 있어? 'Nothing'이지."
아이들은 그런 게 없을 수도 있다는 걸 생각할 수 있다. 그런데 어른들은 주어진 틀과 고정관념 속에서 답을 찾으려 한다. 그래서 답이 안 나온다.

뮌헨의 현대미술관 디자인 전시관 입구 모습. 뮌헨의 모던 피
나코테크는 유럽에서 제일 크다. 2002년에 문을 열어 디자인,
건축, 미술, 사진 등 다양한 분야로 나눠서 전시를 하고 있다

『Borrowing Brilliance』라는 책을 쓴 저자 데이비드 머레이(David Murray)는 창의성에 대해서 이런 질문을 한다.

"창의성이라는 걸 가르칠 수 있는가?"

"혁신이라는 것은 과연 정의를 내릴 수 있는 과정인가?"

그는 두 질문에 다 "yes"라고 답한다.

창의성을 가르칠 수 있다고 보는 것은, 모든 창의적인 아이디어를 기존에 존재하는 것에서 시작한다고 보기 때문이다. 하늘 아래 새것은 없다. 'creation'이 아니라 'creative'라는 단어가 중요한 이유는 그 때문이다. 익숙한 것을 낯설게 보기, 이것이 예술 아닌가. 머레이는 창의적인 아이디어를 키워내는 방법을 여섯 단계로 설명한다.

정의한다 풀고자 하는 문제를 정확하게 정의한다.

빌려온다 다른 분야에서 비슷한 문제에 대한 아이디어를 빌려온다.

혼합한다 빌려온 아이디어들을 혼합한다.

인큐베이션 혼합한 아이디어들을 해결책으로 키워나간다.

평가한다 인큐베이션의 장점과 단점에 대해서 평가한다(나는 'brainstorming'이 별로 효과가 없다고 본다. 평가 단계가 없기 때문이다).

향상시킨다 약점을 없앨 방법을 찾고, 장점을 극대화할 방안을 찾는다.

정확한 의미의 창의력이란 없는 것을 보는 것이 아니다. 있는 것을 자세히 들여다보는 것이 창의력과 상상력의 시작이다. 상식적인 것들을 한 번쯤 뒤집어 생각해보는 것이 상상력이다.

스웨덴 스톡홀름의 현대미술관 로비에 앉아서 이런 생각을 해보았다. 아이들에게는 있지만 어른들에게는 없는 힘, 그건 있는 걸 있는 그대로 보는 눈이다. 많이 배우고 많이 경험할수록 어른들에게는 생각의 '프레임'이 생긴다. 그리고 그 틀 안에서 벗어나기가 힘들어진다

03

상상력에는
한계가 없다

일본 나오시마 섬에 있는 쿠사마 야요이의 작품. 나오시마 섬은 섬 전체가 하나의 미술관이다. 안
도 타타오가 지은 지중미술관도 거기에 있다. 베네세 그룹의 회장이 18년에 걸쳐 나오시마 섬 전체
를 예술작품으로 만들었다

특별한 장소는 매혹하는 힘이 있다. 일본의 나오시마 섬에는 '지중미술관'이 있다. 나는 이 나오시마 섬에 세 번 가보았다. 사람을 매혹하는 섬이었다. 나오시마 섬 전체는 하나의 미술관처럼 꾸며져 있다. 일본의 세계적 건축가 안도 다다오가 설계한 지중미술관이 있고, 옛 주택을 개조한 미술관 등 문화예술시설로 유명하다. 지중미술관은 땅속에 묻혀 있다시피 하는 독특한 구조로 되어 있다. 섬을 통째로 미술관으로 만들어버린다는 발상도 신선하고, 그 섬이 자연 풍광을 그대로 살리고 있다는 점도 놀라웠다.

일본의 베네세 회장이 나오시마 섬 전체를 미술관으로 만드는 '나오시마 프로젝트'를 2대에 걸쳐 18년째 추진 중인 섬이다. 나오시마는 일본관광청이 선정한 4대 관광지 중 하나이자, 세계적인 여행잡지 「트래블러(The Traveller)」지가 선정한 '세계 7대 관광지 리스트'에도 올라 있다. 이 섬은 1990년대까지만 해도 눈에 띄지 않는 외딴 섬이었다. 구리 제련소가 위치하고, 황폐한 섬이었다. 그런데 이 섬이 이제 세계 각국에서 매년 30만 명 이상의 관광객을 끌어모으는 세계적인 미술관이 되었다.

베네세 회장은 기업의 브랜드 이미지를 획기적으로 높일 수 있는 아이디어를 고심하다가 나오시마 프로젝트를 시작했다. 무인도에 가까운 섬을 미술관으로 바꾸기로 결심한 것이다. 1987년에 베네세 회장은 10억 엔을 주고 나오시마 섬의 절반을 샀다. 그리고 세계적인 건축가 안도 다다오에게 미술관 작업을 맡겼다.

이 섬에는 미술관과 호텔이 만난 이색적인 건축물 '베네세하우스'가 있다. 해안 곳곳엔 세계적인 작가들의 작품이 설치되어 있다. 그리고 그 섬에 남아 있는 빈집들은 '아트하우스'로 다시 태어났다. 베네세 회장은 나오시마 섬으로 끝내지 않고, 인근 섬에도 미술관을 지으며 제2, 제3의 나오시마를 만들어가고 있다.

베네세 회장은 나오시마 섬을 만들게 된 이유를, 전 세계에 베네세란 회사의 '팬(fan) 집단'을 만들겠다는 일념으로 요약한다. 출판사업과 교육사업을 하는 베네세그룹은 고객 만족에 대한 대가로 돈을 벌기 때문에, 존경받고 사랑받는 회사로 커 나가고 싶었다. 그렇게 해서 '베네세의 팬들'을 많이 키우고 싶었다. 그러한 신념이 예술로 사회에 공헌하도록 이끌었다.

나오시마 섬의 지중미술관에는 걸려 있는 작품 수가 얼마 없다. 전시의 양으로 승부하는 것이 아니라, 질로 승부하고, 환경 자체를 가지고 아름다움을 창조하겠다는 의지가 보인다. 그래서 작품의 수가 몇 개인지는 별로 의미가 없다.

모네의 그림 다섯 점이 걸려 있는 하얀 방이 있다. 전시실 전체가 바닥부터 벽, 천정까지 다 하얀색이다. 그 전시실에 발을 들여놓으면 어디부터가 천정이고 어디까지가 벽인지 불분명할 정도로 초현실적인 분위기를 낸다.

그리고 제임스 터렐이 빛을 이용해서 공간의 미학을 만들어낸 전시실이 있다. 전시실에 들어가면 푸른빛의 바닷속에 들어온 듯한 느낌이 든다. 벽면인가 싶은 그 바다 빛 벽 속으로 직접 걸어 들어갈 수가 있다. 걸어 들어가다가 뒤를 돌아보면, 방금 떠나온 공간이 과거 속의 액자처럼 오렌지빛으로 벽에 떠 있는 듯한 착각이 든다. 과거와 현재, 미래를 빛으로 표현한 작품이다.

미술관에 전시된 작품은 몇 점 안 되지만, 미술관 자체가 또 하나의 작품이다. 삼성에서 지은 리움 미술관이 그 자체로 작품인 것과 같다. 리움도 세계적인 건축가를 초빙해서 미술관 전체의 구조나 채광, 색상 등이 작품이 될 수 있도록 만들었다. 작품 자체도 중요하지만 작품이 전시되는 환경의 아름다움도 극대화해야 한다는 것이다. 그렇다고 화려하거나 치장을 많이 하는 것이 아니다. 가장 절제된 아름다움으로 그 안에 전시된 작품을 돋보이게 할 수 있는 건축물이 작품이다.

일본 나오시마 섬 안의 베네세 호텔에는 미술작품들이 곳곳에 전시되어 있다. 호텔 전체가 하나의 미술관인 셈이다

나오시마는 섬 전체가 미술품 전시실이다. 섬 곳곳에 조각이 놓여 있다. 바닷가에 자리 잡은 황금색과 붉은색의 거대한 호박은 주위를 압도한다. 붉은색 호박 속으로는 걸어 들어갈 수도 있다. 교통표지판으로 쓰는 삼각고깔이 수백 개 모여서 거대한 하나의 작품을 만들기도 한다. 이 섬의 호텔도 전체가 하나의 미술관이다. 뜻하지 않은 모퉁이에서 작품을 만날 수 있고, 벽 틈으로 빛이 들어와 들여다보면 조각작품이 햇살을 받으며 서 있다. 공간과 시간이 함께 움직이는 듯한 배치다.

바닷가 모래밭에 놓여 있는 작품들 주변에서는 아이들이 뛰어논다. 자유롭게 만져보기도 하고 장난도 친다. 마름모꼴의 작품이 위태위태하게 서 있으면 그것을 손으로 이리저리 밀어보기도 한다. 땅에 뿌리를 두고 있는 한 정점을 통해서 그 거대한 작품이 쓰러지지도 않고 이리저리 자유롭게 움직인다. 그것을 보면서 아이들이 신기해한다.

예술가의 상상력에 한계가 없다는 것을 섬 전체를 통해서 보여주고 있다. 상상력으로 되지 않는 일은 없고, 상상하지 못했던 삶 속의 한 부분이 거대한 미술작품으로 변모할 수도 있다. 섬 하나를 통째로 미술관처럼 만들어서, 그 섬을 찾는 사람들의 발길이 끊이지 않도록 만든 발상도 놀랍다. 당연히 예술에 경영이 접목되지 않을 수 없다.

요즘 '창조경영' 이야기를 많이 한다. 창조적인 사고와 감각을 지니지 않고는 평범한 제품, 평범한 조직이 될 뿐이다. 만드는 사람이 가치를 정하는 것이 아니라, 웹 2.0처럼 고객이 상품의 가치를 정하는 시대가 되었다. 박수근의 그림「시장의 사람들」은 종이나 물감, 시간 등의 원가로만 따지면 10만 원 아래일지도 모른다. 하지만 그의 그림을 사랑하는 사람들은 그 작품에 25억 원이라는 가치를 매긴다. 고객이 가치를 매기는 시대이기 때문에 경영에는 창조적인 발상이 더욱 필요하다. 섬 전체를 하나의 미술관으로 만들어 '경영'하는 것도 창조적인 마인드에서 시작된다.

미술작품이건, 거리 미관이건, 하나의 도시 전체건, 창조적인 감각을 가질 때 가치를 가지고 살아난다. 2050년이 되면 모든 산업의 50퍼센트 이상이 여가산업이 될 것이라는 MIT연구소의 전망도 있다. 겨우 먹고 사는 생존의 차원을 벗어나면 모든 것이 문화다. 먹고 사는 문제를 더 근사하고 세련되게 하고 싶은 인간의 욕망은 놀라운 것들을 창조해낸다. 창조적인 마인드 없이는 글로벌 경쟁력도 없다.

04

상상력의 한계에
도전하다

두바이의 버즈 알 아랍 호텔 로비. 온통 황금색으로 치장한 것이 눈에 먼저 들어오는 장소다 두바이는 공사 중. 하지만 '버즈 알 아랍'이나 '두바이 몰'은 관광객으로 넘친다. 버즈 알 아랍 호텔은 예약증명서가 있어야 게이트를 통과할 수 있다. 그 호텔에서 하루 자려면 적어도 6개월 전에 예약을 해야 한다. 가장 싼 방의 하루 숙박비는 무려 150만 원이다. 그렇지만 사람들이 몰려든다. 애프터눈 티를 예약하고 들어간 버즈 알 아랍은 명성에 걸맞게 대단했다. 27층에서 본 전망은 두바이 바닷 속에 있는 야자수 모양의 인공 섬들도 보여주었다. 세계의 부호들에게 분양된 그 섬 역시 공사 중으로, 흙더미였다. 유가 100불이 되어야 공사를 할 수 있다는데, 한때 꿈과 상상력의 상징이었던 두바이가 공사 중단인 상태로 남아 있었다. 신문 보도에 따르면, 공사가 중단되면서 자국으로 돌아간 사람들이 공항에 버리고 떠난 차가 3,000여 대나 된단다.

두바이의 7성급 호텔 버즈 알 아랍 맨 꼭대기에 있는 레스토랑

그래도 버즈 알 아랍이 호황을 누리는 이유는 세계 유일의 7성급 호텔이라는 것과, 세계적인 테니스 선수들을 불러 호텔 꼭대기에서 시합을 하는 등 끊임없이 이야깃거리를 만들어내는 스토리 마케팅 덕분이다.

애프터눈 티는 차 한 잔 달랑 주는 게 아니라 일곱 코스에 걸쳐 나왔다. 샌드위치부터 스콘, 심지어는 스테이크까지 나온다. 미국에 10년 있으면서 샌드위치에 질려서, 한국 온 다음부터는 샌드위치를 먹지 않은 나였지만 그곳의 샌드위치는 입안에서 살살 녹았다.

두바이의 버즈 알 아랍. 꼭 한 번은 가볼 만한 곳이었다. 그런데 두바이에 다시 가고 싶다는 생각은 안 들었다. 관광객들이 계속 가고 싶어하는 곳을 만들어야 하는데, 그게 안 되면 한계가 있다. 두바이는 전체적으로 세계 최대, 세계 최고의 화려함은 있지만 문화의 결이 별로 없다는 생각이 들었다.

05

룰을
깨뜨려라

프랑크푸르트의 한 공사현장. 공사장 가림막이 이렇게 재치 있고 볼 만했다. 너무 뻔한 공사장 가림막은 이제 그만! 도시의 아름다움은 공사장에서도 살아난다

경영학자 톰 피터스는 '괴짜 신봉론자' 다. 괴짜가 되지 않고는 진정한 창조와 혁신을 이루기 어렵다고 본다. 미래에 필요한 인재는 엉뚱한 생각을 갖고 실천에 옮기는 괴짜라고 보는 것이다. 톰 피터스가 발견한 성공한 괴짜들의 공통점이 있다. 바로 SAV(Screw Around Vigorously)다. 말하자면, 실패도 하면서 열심히 돌아다닌다는 뜻이다. 여기저기 돌아다니지만 성공보다는 실패에 가까운 도전을 더 많이 하게 된다는 것이다.

물론 괴짜가 반드시 성공하는 것은 아니다. 천재들은 대부분 '광기' 가 있지만, 광기가 있다고 해서 다 천재는 아니다. 어떤 이는 불행하게도 '광기' 만 있고 '천재성' 은 없다. 괴짜라도 실패를 통해서 과감한 행동으로 실행하지 않으면 성공 가능성은 없다. 보통 혁신이라는 것은 주위의 어리석음을 참지 못하는 사람들에게서 나온다. 캐논의 CEO 미타라이 하지메는 이렇게 말했다.

"우리는 사람들이 미친 짓이라고 말하는 행동을 해야 한다. 사람들이 좋다고 말하면 이미 누군가 하고 있다는 뜻이다."

『Leading the revolution』을 쓴 게리 하멜(Gary Hamel)은 기업을 세 종류로 나눈다. 시장을 이미 선점하고 있는 룰 메이커(Rule Maker), 그들을 추종하고 모방하는 룰 테이커(Rule Taker), 그리고 새로운 룰을 창조하는 룰 브레이커(Rule Breaker)다. 비주류가 주류로 진입하려면 '룰 브레이커' 가 되어야 한다. 시작은 누구나 작다. 지금은 최고의 위치에 있는 사람이나 기업도 시작은 초라했다. 정해진 룰에 따라가는 것이 아니라, 그 룰을 바꿔야 성공한다. 난폭자가 되라는 것이 아니라, 기존 시장의 구도를 깨고 룰을 바꿔야 한다는 것이다. 새로운 게임의 규칙을 스스로 창조해야 한다. 어느 시대나 창조적인 돈키호테가 필요하다. 그리고 우리 속에도 일정 부분은 이런 돈키호테 기질이 필요하다. 창조적인 마인드는 '모범생' 기질에서 나오지 않는다. '모험생' 기질에서 나온다.

이룰 수 없는 꿈을 꾸고, 이루어질 수 없는 사랑을 하고, 싸워 이길 수 없는 적과
싸움을 하고, 견딜 수 없는 고통을 견디며, 잡을 수 없는 저 하늘의 별을 잡자.

_『돈키호테』중에서

두바이의 쇼핑몰 안에 있는 인공 스키장 플라이 스키 두바이(Fly Ski Dubai). 사막 한가운데 스키장을 만들었다

06

기다리지 말고
뛰어나가라

당신에게 무슨 일이 '생기길' 기다리지 말고, 뛰어나가 일을 저지르십시오.
최상의 삶, 당신의 가슴 깊은 곳에서부터 강렬히 원하는 삶은 오직 당신의
'선택', '확신', 그리고 '행동'에 의해서만 현실화됩니다. 당신이 처해 있는
현재의 상황이 아무리 힘들어도, 당신은 매일 당신이 가진 꿈을 조금이라도
키워줄 수 있는 선택을 할 수 있습니다.

_ 스튜어트 에이버리 골드, 『Ping!』 중에서

스페인의 달리 미술관, 살바도르 달리의
자유로운 영혼은 그림과 조각에 이르기
까지 2만여 점이라는 작품을 남겼다.

스페인에 있는 달리 미술관의 로비. 이 천재의 머리와 마음속에는 무엇이 가득 들어 있었을까 궁금해질 만큼 성 초월적 작품들이 많다

남들이 생각
안 하는 걸 한다

홍콩의 점보 수상 레스토랑(Jumbo floating restaurant). 거대한 규모로 물 위에 떠 있다. '점보' 라
는 단어가 '레스토랑' 이라는 단어와 만났을 때 이런 규모가 나오나 싶게 한없이 큰 식당이다

구태의연하고 틀에 박힌 방식으로는 대중을 매혹할 수 없다. 새로운 것이라고 해서 무조건 사람을 잡아당기는 힘이 있는 것도 아니다. 새로운 것이라도 너무 엽기적인 것, 필요하지 않은 새로움은 매혹으로 연결되지 못한다. 게다가 반 발자국 앞서면 될 것을 두 발자국쯤 앞서게 되면 남들에게 이해받지 못할 위험 도 있다.

남이 생각 안 하는 걸 하는 건 상당한 위험이 있지만 성공할 경우 그만큼 매혹 지수를 높여준다. 매일유업의 '바나나는 원래 하얗다'는 2007년 연 매출 5천 억 원을 기록했다. 바나나우유로는 처음으로 흰 색을 내세웠다. 제품명도 독특 했다. 기존 광고의 통념을 깨는 UCC 광고도 재치 있었다. UCC 광고를 보면 새로운 아이디어를 냈다가 무지하게 야단만 맞는 어느 부장이 등장한다.

"박 부장, 바나나가 하얗다는 게 말이 된다고 생각해? 바나나는 노랗지,"

"저, 그런데 바나나도 속은 원래 하얀데요."

"그래? 그렇게 하얀 게 좋으면 구두도 하얀 거 신고 다니지 그래!"

UCC 광고는 편견을 깨는 과정을 재미있게 보여주고 있다. 편견은 쉽게 깨지 지 않지만, 한번 깨면 큰 파괴력을 지닌다. '바나나는 원래 하얗다'는 그렇게 해서 그동안 늘 1위를 차지해온 빙그레의 노란색 바나나우유에 도전장을 내밀 었다. 바나나우유는 노란색이어야 한다는 고정관념을 탈피한 역발상 마케팅이 었다. 고정관념을 탈피한다는 것은 말처럼 쉽지 않다. 우리의 뇌리에 깊이 박 혀 있어서 그걸 새롭게 바라본다는 것 자체가 힘들기 때문이다. 그런데 막상 고정관념을 탈피한 역발상은, 지나고 보면 참 쉬워 보인다. 마치 콜럼버스의 달걀처럼…….

08

남자男子다운 두부,
차별화된 콘셉트

salvatore + c

roline ala

금자씨의 갤러리

2005년 일본에 이상한 두부가 나타났다. '남자(男子)다운 두부'라는 이름이다. 이 두부는 출시된 지 2년 만인 2006년에 매출 40억 엔을 돌파했다. 그리고 그해 「닛케이 트렌디」가 꼽은 '일본 최고 히트상품 10선'에 당당히 뽑혔다. '남자다운 두부(오토코마에 두부(男前豆腐))'는 차별화된 콘셉트 하나로 두부시장을 석권했다. 두부가 남자답다니… 정말 엉뚱하고 재미있는 콘셉트가 아닐 수 없다.

두부는 대부분 비슷하다. 부침개용 두부, 진한 두부 등 각종 두부가 있긴 하지만, 결국은 거기서 거기다. 그래서 두부시장은 대표적인 과점시장이다. 제품 자체에 별다른 차별화 포인트가 없다 보니 결국은 가격 경쟁으로 가는 레드오션이다. 그래서 후발주자는 웬만해서 성공하기 힘들다.

'남자다운 두부'는 상표에 큼지막하게 '男'이라고 적혀 있다. 이 두부의 성공 비결은 바로 '차별화된 콘셉트'에 있다.

"두부는 세상에 몇백 종류가 있고, 모두 싼 가격으로 승부하고 있다. 맛에 승부를 걸어도 그것만으로는 소비자에게 전달되지 않는다. 결국 두부에도 '남다른 세계관'을 만들어야 한다!"

이것이 '남자다운 두부'의 전략이었다. 고소하고 진한 맛을 배가시켰고, 포장지에는 검정색으로 시원시원하게 '男'이라고 썼다. 광고 카피는 '진정한 오토코마에, 즉 터프가이는 당신을 배반하지 않는다'였다. 가격도 보통 두부의 3배에 달했다. 각종 두부를 007가방에 넣은 패키지 상품도 내놓았다.

이 두부가 시장에 출시되자 두부와 인연이 멀었던 젊은 층과 남자들이 달려들었고, 방송에서도 연일 재미있는 두부로 소개되었다. 재미 삼아 한번 먹어본 소비자들은 그 진한 맛을 좋아했고, 인터넷에는 소비자들이 올린 '오토코마에 두부 이야기'가 넘쳐났다. 이 두부를 보면 알 수 있다. 사람들의 마음을 움직이려면 깜짝 놀랄 만큼 차별화된 콘셉트가 있어야 한다는 것을.

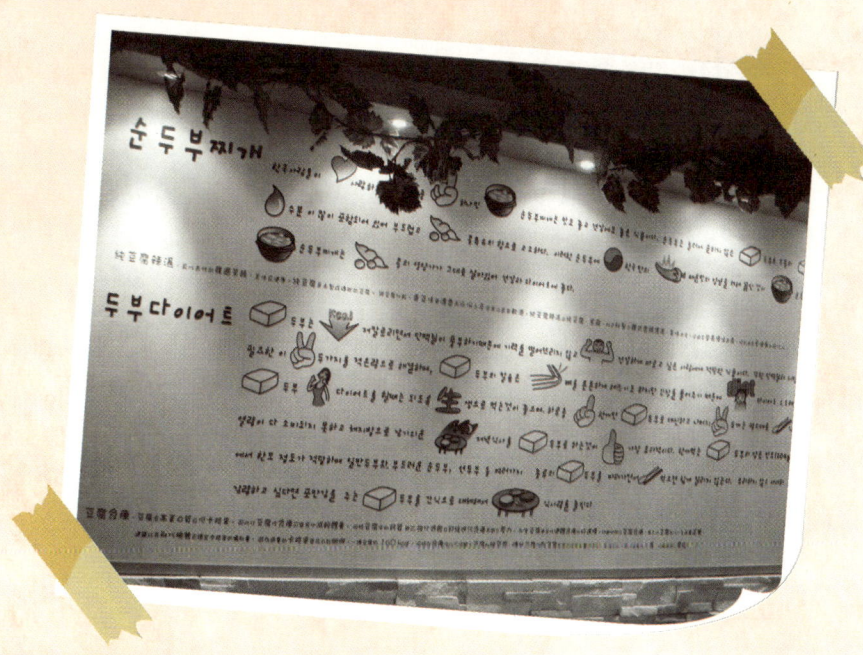

홍콩 거리에서 우연히 발견한 한국 식
당. 벽에 설명을 재미있게 붙여 놓았다

그저 맛있기만 한 두부로는 이런 성공신화를 만들 수 없다. 이 두부는 전혀 엉
뚱한 것들을 모아서 새로운 콘셉트를 만들었다. 두부와 남자의 만남이라는 생
뚱맞은 결합. 낯설기 때문에 와 닿고, 신선하다. 상품이건 사람이건 차별화된
콘셉트가 있어야 한다. 비슷비슷한 조건이면 차별화된 콘셉트가 있어야 시장
에서 반응이 온다. 나만의 차별화된 콘셉트, 무엇으로 만들지 생각해볼 일이다.

09

라스베이거스의
상상력

CIRQUE DU S

서크 듀 솔레이(Cirque Du Soleil, 태양의 서커스) 공연 장면. 라스베이거스에 3번 정도 가서 밤마다 태양의 서커스를 보았다. 「비틀즈 러브」「오 쇼」「카 쇼」「쥬매너티 쇼」「알레그리아」「퀴담」… 환상적이었다. 내가 묵은 MGM 호텔에서 「카 쇼」를 하고 있었는데, 호텔방의 TV에서 「카 쇼」를 만드는 과정을 다큐멘터리로 보여주었다. 서커스 같은 공연이지만, 태양의 서커스에서는 곡예사를 쓰지 않는다. 감정의 표현을 완벽하게 해야 하기 때문에 연극배우를 채용해서 서커스 훈련을 시킨다. 연습 과정은 거의 죽음을 넘나드는 듯 보였다. 하늘에서 날고 뛰기 때문에 타이밍이 1초라도 안 맞으면 그대로 떨어져서 죽는다. 「카 쇼」에는 1톤이 넘는 철판이 공중으로 날아다니며 무대가 된다. 이 철판의 움직임과, 그 철판에서 솟아나오는 대못들의 타이밍이 정확해야 한다. 컴퓨터 테크놀로지의 힘이다. 결국 태양의 서커스는 기술과 예술의 만남이다. 예술만도 아니고 기술만도 아니다. 융합의 힘이 얼마나 큰지 보여준다. 서크 듀 솔레이는 전 세계를 무대로 3,000여 명에 이르는 스태프, 예술가, 기술자들로 구성된 극 조직이다. 잊혀가고 있던 서커스를 전 세계 90여 개 도시의 6,000만 명이 넘는 관객이 열광하는 공연으로 만든 것은 모든 단원들이 창조의 불꽃을 터트린 결과다. 서커스가 아니라 하나의 예술작품을 보는 느낌이다. 공연 전체를 이끌어가는 탄탄한 시나리오 속에 각 캐릭터들은 자신들의 서커스적 테크닉을 사용해 흡인력 있는 스토리를 전달한다

비틀즈의 음악을 가지고 만든 태양의 서커스 「비틀즈 러브」를 보면 음악을 가지고 이렇게 뛰어난 상상력을 발휘할 수 있다는 게 신선한 충격이다. 태양의 서커스는 절대로 실망시키지 않는다. 1984년 작은 서커스 단에서 시작하여 창단 20년 만에 연 매출 8억 달러를 기록하며 세계적인 엔터테인먼트 그룹으로 도약한 것이 태양의 서커스다. 태양의 서커스에서 하는 라스베이거스 쇼는 모든 연령대의 관객(1인당 150달러라는 입장료를 지불할 용의가 있는 관객들)을 대상으로 연일 매진 행진을 이어가며 하루에 100만 달러 이상을 벌어들이고 있다. 태양의 서커스는 경쟁으로 사양화된 산업을 블루오션으로 만들어낸 대표적인 사례다

BELLAGIO

CIRQUE DU SOLEIL.

ANSEL ADAMS AMERICA

BELLAGIO GALLERY OF FINE ART

영화와 삶에는 이런 차이가 있다. 영화에서는 이곳저곳에 배치해 놓은 복선이 주인공들에게 앞으로 다가올 운명을 미리 알려주지만, 삶에서는 복선이 미리 보이지 않는다. 주인공들은 전혀 눈치 채지 못한 듯 '스토리텔링'을 해나가지만, 운명의 복선은 관객들에게 몰래 귀띔해준다. "저 사람 곧 죽을 거야" "저 남자와 저 여자는 사랑에 빠지게 돼" "저 사람이 진짜 살인범이야" 등.

삶에는 복선이 없다. 있더라도 눈에 보이지 않는다. 느닷없는 일이 생겨나고, 난데없이 끝을 맺는다. 황당하기까지 한 경험이라 해도 저항 한 번 못해보고 받아들일 수밖에 없는 기막힌 상황이 곧잘 연출된다. 왜 이런 일이 일어나는 거냐고 묻는 건 아무 소용이 없다. 그냥 일어나는 거니까…….

삶에서 사건이란 무슨 이유가 있어서 생기는 게 아니다. 아무런 이유가 없어도 일어날 수 있기 때문에 그저 받아들이는 수밖에, 다른 도리가 없다. 복선도 없이 복병처럼 숨어 있다가 결정적인 순간에 난데없이 모습을 드러내는 기막힌 일들, 영화로 만들어놓으면 현실성이 없다고 관객들에게 외면받을 만한 일들, 작품에 짜임새가 없다고 비평의 도마 위에 올려져서 난도질을 당할 만한 황당한 줄거리들. 이런 이야기가 실제 삶 속에서는 무차별적으로 일어난다. 행복한 일도 갑자기 생겨나고, 슬픈 일도 난데없이 찾아온다. 행복과 불행 사이를 연결하는 카메라의 정교한 움직임이나 미장센도 없이, 행복과 불행이 종이 한 장의 간격도 없이 서로 맞닿아서 찾아오기도 한다.

삶 속에는 눈에 보이는 복선은 없지만 '예감의 정확성'이라는 것은 있다. 서로에게 비수와도 같은, 상처가 되리라는 불길한 예감을 갖고 시작하는 감정도 있다. 다가가면 갈수록, 서로의 고통을 어루만져주려고 하면 할수록, 손에서 비수가 튀어나와 상대방의 가슴을 할퀴고 찌르고야 마는 관계도 있다. 생각했던 대로, 막연히 예감했던 대로 결말이 온다. 인연이란 것은 처음 시작할 때 알 수 있는 것이 아니다. 멀리서 뒤돌아볼 때 그제야 눈에 보이는 것이다.

현실이 영화처럼 깔끔한 마무리를 강요받는다면, 어수선하고 지저분한 마음 상태로 끝없는 고통 속을 헤매는 사람들도 적을 것이다. 영화처럼 기승전결을 통해서 해피엔딩이건 비극이건 깔끔한 결말을 보여주기만 한다면 세상의 아픔은 절대량에서 현저하게 줄어들 것이다. 모든 영화는 대한 뉴스처럼 될 테고… 어쩌면 영화가 존재할 이유조차 사라질지 모른다.

과거라는 것은 이미 일어나버렸기 때문에 되돌릴 수가 없다. 어떻게 해볼 수가 없다. 고칠 수도 없고, 없었던 걸로 할 수도 없다. 정말 한번 삶 속으로 뛰어든 사건이나 사람의 존재를 까맣게 없었던 것으로 만드는 것은 불가능한 것일까? 단지 시간의 힘을 빌어서 천천히 잊어가는 일만 가능할 뿐, 까맣게 없었던 것으로 만드는 것은 불가능한 것일까? 과거를 봉인하기 위해서는 어떤 의식이 필요한 걸까? 우리의 삶이 영화처럼 간결하고 깔끔하고, 뛰어난 작품성을 지니고 있다면 영화는 필요 없다. 사람들은 영화가 현실을 직시해주기를 원한다. 있을 법한 일만 일어나고, 황당한 소재라 하더라도 보편적인 공감대를 형성할 수 있는 이야기를 원한다. 그러면서도 사람들은 영화를 통해서 현실의 부조리와 폭력적인 무작위성을 보상받고 싶어한다. 그래서 영화만은 앞뒤의 논리가 맞고, 확실한 결말이 나기를 기대한다.

라스베이거스에서 인간의 상상력이 어디까지 갈 수 있는가를 보여주는 쇼「비틀즈 러브」를 보면서 영화와 삶의 차이를 떠올렸다. 태양의 서커스가 보여주는 놀라운 현실은 '상상하는 대로 이루어진다'는 것이다. 영화처럼 간결한 결말이 아니라도, 우리를 상상의 세계로 밀어 넣었다가 다시 꺼내주는 힘이 있다. 라스베이거스는 영화 같은 도시다.

10

말콤 글래드웰은
추리소설의 결말을 읽지않는다

길이 막혀도 아이튠즈(iTunes)로 새로운 아이디어를 듣고 다니면 즐겁다. 차가 막혀도 전혀 답답하지 않다. 막히면 막히는 대로, 잘 뚫리면 뚫리는 대로, 무궁무진한 아이디어의 원천이 신선한 충격을 주기 때문이다. 오늘 운전하면서 들은 것은 말콤 글래드웰과 조셉 핀더의 대화였다. 『블링크(Blink)』『아웃라이어(Outlier)』 등 우리나라에도 마니아급 독자를 많이 보유하고 있는 글래드웰과 소설가 조셉 핀더의 대화는 흥미로웠다. 서로 좋아하는 책이나 분야에 대해서 이야기를 나누었다.

운동선수 출신의 세일즈맨들이 좋은 성과를 올리는 이유를 분석하는 대목에서 귀가 솔깃해졌다. 운동선수들은 매일 경기를 치르면서 살아간다. 하나의 경기에서 지는 것은 그들의 존재 자체를 부정하게 되는 계기가 아니다. 경기에서 지고 나면 운동선수들은 '내일 잘하면 되지'라고 생각한다. 경기 몇 번 졌다고 해서 운동선수로서 자질이 모자라는 것으로 여기지는 않는다. 그렇게 여기다가는 경기에 나갈 수 없게 된다. 그래서 오늘의 실패는 오늘로 끝, 내일은 다시 내일의 경기를 하면 된다고 생각한다. 그러다 보니 운동선수들은 세일즈맨이 되더라도 그런 마인드로 임한다. 오늘 거절당하더라도 내일 잘하면 된다고…….
세일즈를 하는 사람들은 하루에도 수십 번의 거절을 경험한다. 거절과 실패에 익숙하지 않은 사람들은 세일즈를 할 수가 없다. 거절을 당할 때마다 '나는 자격이 없어'라고 생각하면 아무것도 할 수 없다. 실패와 패배에 익숙해져야 장기적으로 세일즈를 할 수 있다.

보험여왕이 되어 신문에 나는 아주머니들을 보면서 그들이 성공시킨 계약의 건수만 생각하기 쉽다. 하지만 아니다. 보험여왕들은 너무나 처참한 실패와 거절의 신기록도 갖고 있을 것이다. 그 실패와 거절에 스스로를 굴복시키지 않았기 때문에 오늘의 보험여왕이 되었으리라.

말콤 글래드웰은 자주 서점에 가서 시간을 보낸다고 했다. 핀더가 물었다.

"당신이 책을 고르고 사는 기준은 뭔가요?"

이에 글래드웰은 그가 책을 고르는 기준으로 첫째, 책의 제목, 둘째, 책의 표지, 셋째, 추천사를 꼽았다. 『블링크(Blink)』를 쓴 저자답다. 그 기준으로 골라 실패한 책도 많았단다. 특히 그를 화나게 하는 것은, 형편없는 내용의 책 뒤에 붙어 있는 번드레한 추천사들이다. 이렇게 형편 무인지경인 책에다가, 단순히 안다는 이유 하나만으로 그럴싸한 추천사를 붙여줘도 되는가? 글래드웰을 분노하게 하는 건 이런 추천사다.

글래드웰이 소설을 읽는 방식은 특이하다. 소설, 특히 추리소설까지도 끝부분을 읽지 않고 끝내는 경우가 많다. 마지막 10~15페이지를 읽지 않고 끝내는 것이다. 그렇게 덮어버린 책이 끝까지 읽은 책보다 훨씬 많다고 한다. "왜?" 핀더가 물었다.

"잘 끌어오던 소설을 끝에 가서 망쳐버리는 작가가 많아요. 그런 흐지부지한 결말에 실망하고 싶지 않아서 결말을 읽지 않고 끝내버립니다." 자신감이 넘쳐 거의 오만하게 들리지 않는가? 하지만 말콤 글래드웰 정도 되는 저자라면 이런 멘트를 해도 그리 거슬리지 않는다. 천재가 가질 수 있는 당연한 평가권리 정도로 여겨지는 건 왜일까?

영국 런던에서 뮤지컬 「빌리 엘리어트」를 공연하고 있는 빅토리아 극장. 2010년 3월 31일에는 이곳에서 「빌리 엘리어트」 5주년 기념공연을 했다. 과거와 현재의 빌리 역할을 한 소년 배우 19명이 다 모였다. 내가 이 공연을 본 건 4월. 정말 감동적인 작품이었다. 뮤지컬을 보면서 많이 울었다

11

멕시코 아카풀코의
오마이갓 호텔

멕시코의 아카풀코에 있는 라스 브리사스(Las Brisas) 호텔에서 바라본 야경. APEC 회의 때문에
묵었는데, 이곳은 집 한 채가 호텔 방 하나인 곳이다. 방마다 수영장이 따로 있고, 수영하면서 바다
를 바라볼 수 있다. 나중에 다시 한 번 꼭 가보고 싶은 곳이다

멕시코 아카풀코에서 열린 APEC 회의에 참석한 적이 있다. APEC 회의는 일 년 내내 열리는데, 우리가 참석한 회의는 여성과 IT에 관련된 회의였다. 멕시코까지 가는 데는 비행기를 갈아타고, 갈아타 거의 30시간 가까이 걸렸다. 그래도 가볼 만했다. 회의장은 아카풀코 해변에서 산등성이에 있는 호텔이었는데, 특이했다.

아카풀코 해변을 반으로 딱 나누니, 오른쪽에는 힐튼, 하얏트 같은 높은 빌딩의 호텔들이 빼곡했다. 해변의 왼쪽은 바다를 바라보는 산등성이였는데, 그곳에는 독특한 빌라식 호텔들이 자리 잡고 있었다. 호텔방은 한 채의 집으로 되어 있었고 산꼭대기까지 그런 집들이 군데군데 늘어서 있었다. 각각의 집은 철저히 독립되어 있고, 방 앞의 풀장에서는 아카풀코 앞바다를 보면서 수영을 할 수 있도록 해놓았다. 풀장에는 매일 새벽 도우미가 청소하면서 색색의 꽃잎을 물 위에 뿌려놓았다. 바다를 바라보면서 꽃잎이 뿌려진 수영장에서 수영을 하면, 아무도 볼 수 없는 비밀의 화원에 있는 느낌이었다.

아침이면 핑크색 지프를 탄 도우미가 은쟁반에 아침을 받쳐 들고 각 방으로 식사를 배달했다. 손님들의 잠을 깨우지 않도록 조심조심 조그만 쪽창으로 그 은쟁반을 들여놓았다. 아카풀코 전체의 큰 그림에서부터 풀장에 띄워놓은 꽃잎 하나하나까지, 아름다움이 최대의 미덕인 곳이었다. 그 호텔에서 가장 좋은 방은 산꼭대기에 있는 집이었는데, 방이 여섯 개에 풀장이 거실까지 이어진다고 했다. 실베스터 스탤론이나 머라이어 캐리, 빌 코스비 같은 미국 최고의 부호들이 와서 묵는다고 했다.

호기심 만발! 그래서 회의에 같이 간 교수들과 그 곳을 떠나면서, 그 방을 한 번 보여달라고 했다. 그 방의 이름은 'Oh My God Room' 이라고 했다. 방에 들어선 사람들은 전부 놀라서 'Oh My God'을 연발한다는 데서 그런 이름이

멕시코 아카풀코의 라스 브리사스(Las Brisas) 호텔. 방 하나가 한 채의 집이다. 산꼭대기까지 이런 객실이 드문드문 지어져 있다. 아침이면 핑크색 제복을 입은 직원이 핑크색 지프를 타고 은쟁반에 담긴 아침식사를 날라다 준다

나왔단다. 우리 일행 또한 그 방에 들어선 순간 정말 모두 놀라서 'Oh My God' 이라는 말(거의 비명)이 저절로 나왔다. 호화롭기 그지없는 인테리어에도 놀랐지만, 거실 한가운데에 커다란 풀장이 있었기 때문이다. 거실 안의 풀장은 거실 밖의 풀장과 터널로 연결되어 있었다. 거실의 소파에서 이야기를 나누다 가 거실 안 풀장에 뛰어들어 수영을 즐기고, 터널을 통해서 수영해서 바깥의 풀장으로 나가는 식이었다. 왜 굳이 거실 안에서부터 수영을 해서 터널을 통해 밖으로 나가야 하는지는 아직도 좀 의문이지만, 색다른 라이프 스타일을 즐기는 이들의 창조정신은 끝이 없었다.

멕시코의 여성장관이 베푼 마지막 날의 파티는 아름다움을 정점까지 끌어올리는 격조가 있었다. 그동안의 회의 모습을 어찌나 감동적인 한 편의 영화로 만

새벽에 밖으로 나와 보면 바다가 보이는 수영장에는 꽃잎이 뿌려져 있었다. APEC 회의 때문에 이곳에 갔었지만, 개인적인 여행으로 다시 한 번 꼭 가보고 싶은 곳이다

들어서 보여주는지, 그 민첩함과 영상미, 스토리텔링 방식에 감동을 받을 수밖에 없었다. 멕시코의 요새 꼭대기를 저녁 만찬장으로 만들어서 레이저쇼로 환상적인 분위기를 연출했다. '한 파티' 하는 민족이었다. 인간의 상상력에는 한계가 없다. 예전에는 '하늘이 한계' 라고 했지만, 이제 그 표현은 '상상력만이 한계' 라는 말로 바뀌었다. 아름다움과 독특함을 추구하는 인간의 욕망에는 한계가 없다. 빈부격차가 지독하게 심한 멕시코이지만, 미국의 부호들을 끌어들여서 아카풀코나 칸쿤과 같은 세계 최고의 휴양지를 만들어내는 이들의 삶의 방식은 놀라웠다. 외국 손님들이 왔을 때 보여줘야 할 때는 확실하게 보여주는 정열이 파티에도 살아 있었다. 빈부격차가 심한 만큼, 그들이 보여주는 문화의 수준을 보면 세계 최고에서 세계 최저 생활까지 다 있었다.

Part 3

30+30+30의
인생

01

트리플 30의 인생

이탈리아 밀라노에 있는 불가리 호텔과 리조트. 좋은 호텔이라고 해서 무작정 화려한 것은 아니다. 지붕하고 클래
식한 무언가, 이런 느낌이 더 살아 있다. 사실 노년에는 이런 곳에 여행 다니며 쉬고 싶다. 너의 꿈은 10년에 한 달
은 뉴욕, 한 달은 파리에서 사는 것이다. 지금으로서는 비현실적인 꿈이지만, 꿈을 꾸는 자만은 누구에게나 있다

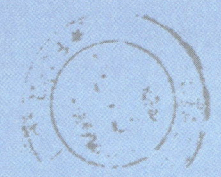

이제는 인생이 트리플 30이다. 사람은 30년 동안 공부하고 준비를 한다. 그리고 30세에서 60세까지 일을 한다. 그러고 나서 평균 수명 90이 될 때까지 30년 동안 노후를 보내야 한다. 이때 노후의 하루하루를 '누리며' 살 것인가, '때우며' 살 것인가는 그전의 준비기간에 달렸다.

공직에 오래 있던 사람들은 자리에서 물러난 후 빨리 늙는 경향이 있다. 엔도르핀이 돌던 좋은 시절이 끝나고 나서 불러주는 데 없고, 자생력이 없으면 몇 년 안에 빨리 늙는다고 한다. 교수들도 정년퇴임을 하고 나면 몇 년 안에 금방 늙어버리는 경우가 많다. 반면에 작더라도 자기 사업을 하는 사람들은 70이 넘어도 상대적으로 젊어 보인다. 자기 것을 가지고 키워가고, 한시도 긴장을 놓을 수 없기 때문이라고 한다. 그건 사실인 것 같다.

예전에 APEC 회의를 하러 여성경제인협회 회원 30여 명과 같이 칠레에 간 적이 있다. 당시 여성경제인협회의 회장님은 75세였고, 고문을 맡으신 분은 78세였다. 그런데 두 분이 얼마나 젊으신지, 정작 나이를 알고는 너무 놀란 적이 있다. 서울에서 LA, 칠레까지 30시간이 넘는 비행에도 두 분은 너무나 멀쩡하셨다. 2주간 칠레에서 브라질을 지나 아르헨티나에 이르는 일정이 끝나고 나서 귀국할 때, 두 분은 트렁크를 들고 다시 영국으로 가셨다. 너무나 쌩쌩한 표정으로…….

같이 간 여성경제인협회 회원 30여 명 역시 다들 원래 나이보다 10년은 젊어 보였다. 그때 깨달았다. 자기 일에 매달리고, 긴장하며 사는 사람들은 정말로 젊어 보인다는 사실을. 물론 사업하는 사람들이기 때문에 피부관리니 뭐니 해서 비용을 더 쓸 수도 있지만, 그것만으로는 설명할 수 없는 반짝반짝하는 생기가 있었다. 자신의 인생을 스스로 컨트롤해온 사람들만이 가질 수 있는 힘찬 생기가 바로 그것이다.

일을 하지 않으면 생기가 없어지는 사람들이 있다. 내가 아는 공직자 한 분도 그렇다. 국회의원 선거에서 떨어지고 2년간 아무 일 없이 집에서 지낼 때는 시든 화초처럼 지냈다. 그러다가 선거에 당선되어 지자체 일을 하게 된 이후 매일 엔도르핀이 팍팍 돈다고 했다. 일이 많지만 그만큼 더 생기발랄해진다. 일하면서 생기가 돈다는 건 '워커홀릭' 하고는 좀 다르다. 나이 50이 넘어서 하는 일이 마땅치 않으면 생기가 없어진다. 교수가 65세에 은퇴를 해도 요즘은 평균 수명이 길어서 이후 일하지 않고 몇십 년을 살아야 한다.

할 일이 있다는 건 축복이다. 이제 인생은 준비기간 30년, 일하는 기간 30년, 그리고 마지막으로 좋아하는 일이나 취미생활을 하는 30년으로 나뉜다. 예전에는 '30+30' 그리고 얼마 정도만 더 살면 되었다. 하지만 이제는 트리플 30이다. 그래서 나이 들어 부부 사이가 좋지 않으면 지옥이라고 한다. 사회생활이 적어지면서 부부가 함께 보내는 시간이 많아지기 때문이다. 이제 결혼이란 노년의 30년을 같이 보낼 친구를 찾는 일이라고… 누군가 이야기했다.

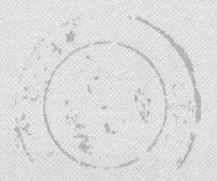

02

나이는
숫자일 뿐

스페인의 달리 미술관 가는 길에 있는 조그만 공원에 설치된 작품. 땅에 그려진 넓적한 얼굴이 거
울 같은 기둥에 비치면 보통의 얼굴이 된다

나이는 숫자에 불과하다. 예전에는 환갑이면 노인이었지만 지금은 전혀 그렇지 않다. 60세인 사람을 노인이라고 하기에는 너무나 어색할 정도로 젊게 사는 모습을 볼 수 있다. 그래서 요즘은 현재 나이에 0.7을 곱해야 한단다. 지금의 60은 옛날의 42세에 해당하고, 50은 옛날 35세에 해당한다는 것이다. 일리가 있는 이야기다. 요즘에는 철저한 자기관리로 나이보다 젊어 보이는 사람들이 많다. 그러다 보니, 농담처럼 나이 50에 정말 50세처럼 보이면 문제가 있는 것이라는 이야기를 하기도 한다.

언젠가 받은 어느 회사의 카드에 1살부터 100살에 이르기까지 나이에 따라서 한 살, 한 살을 재미있게 설명해놓은 글이 있었다. 1살이란, 본인 의사와 관계없이 태어나고, 누구나 비슷하게 생긴 나이란다. 나이 3살에 정약용은 「작은 산이 큰 산을 가리니, 멀고 가까움이 다르기 때문일세」라는 시를 지었단다. 그런데 보통 나이 3살은 간단한 의사소통을 하는 나이다. 21살에 스티브 잡스는 애플 컴퓨터를 설립했지만, 보통 21세는 사과 같은 얼굴을 갖기 위해 변장을 시작한다. 35세에 퀴리 부인은 남편과 함께 노벨상을 받았지만, 보통 35세는 이제 혼자가 아니라는 사실을 엄청 느끼게 된다. 36세에 스티븐 스필버그는 ET를 만들었지만, 보통 36세는 절대로 ET 따위는 생각하지 않는다. 44세에 원효대사는 해골에 괸 물을 마시고 도를 깨달았지만, 보통 44세는 약수터의 약수도 믿지 못하는 나이다. 47세에 이순신 장군은 옥포에서 승리를 거두었는데, 보통 47세에는 싸움 일이 있으면 피하고 본다. 54세에 디즈니는 디즈니 왕국을 만들었는데, 보통 54세는 꿈의 왕국을 꿈속에서나 보게 된다. 59세에 왕건은 후삼국을 통일했지만, 보통 59세는 성골이나 진골이 아니면 아무 일도 안 된다고 생각한단다. 68세에 갈릴레이는 천동설을 뒤집어서 지동설을 주장했지만, 보통 68세에 생각을 뒤집으면 민망해진다. 71세에 코코 샤넬은 파리에 가게를 열고 다시 컴백했는데, 보통 71세는 스스로 전설을 쓰기 시작하는 나이다. 91세에 샤갈은 마지막 작품을 완성했지만, 보통 91세는 나이 자체가 작품이 된다. 93세에 피터 드러커는 경영학의 기둥을 세웠다지만, 보통은 한국말도 통역이 필요해지는 나이가 된다.

참으로 깜찍한 인생 분석이 아닐 수 없다. 한 살에서 100살까지 인생 나이 중 어디에 서 있는지, 내가 하고 싶은 일과 내가 할 수 있는 일의 거리는 얼마나 되는지를 다시 한 번 되짚어보게 되는 때가 새해다. 위인들이 내 나이 때 한 일들과 늘 비교할 필요는 없지만, 스스로 행복하게 살고 있는지는 돌아볼 일이다. 다들 나이는 숫자일 뿐이라고 한다. 실제 나이와 육체 연령, 정신력의 나이는 정말 다를 수 있다. 사실 오래오래 건강하게 살기 위해서 가장 필요한 것은 몰입할 대상과 에너지다. 나이가 든다는 것은 새로운 것에 대해서 호기심을 느끼고 감동하는 횟수가 줄어드는 것이라고 할 수 있다. 많은 것을 경험했기에 더는 새로울 것도 없고, 신기할 것도 없어지기 쉽다. 하지만 나이와 상관없이 호기심 천국인 사람들이 있다.

바르셀로나 거리의 건물 베란다에 각양각색의 인형들이 서 있다. 실제 사람 사이즈라서 처음에는
사람인 줄 알았다. 뭔가 이상해서 자세히 보니 인형이다

모든 꿈은
이루어진다

베니스는 물이 살아 있는 도시다. 곤돌라마저도 그 물의 일부일 뿐이다

All dreams come true

if we have the courage to pursue them.

바닥을 치면
용감해진다

한때 내 인생이 바닥을 쳤다고 생각했었다. 하지만 10여 년 후, 나는 멀쩡하게 로마까지 와 있었다

미국에 있을 때, 내 인생이 바닥을 쳤다고 생각한 때가 있었다. 그러니까 오히려 힘이 났다. 이미 바닥인데, 뭐가 더 나빠질 수 있겠는가 하는 오기(?) 비슷한 거였다. 앞이 안 보여도, 희망이 없어 보여도, 이제 바닥이라고 생각하면 용감해질 수 있다. 바닥을 치면, 올라갈 일 밖에 없다.

로마의 트레비 분수. 이 트레비 분수에 누군가 빨간 염료를 부어서 분수를 온통 붉게 만들어버린 사건도 있었다. 트레비 분수에 동전을 던져넣으면 다시 로마에 돌아온다는 이야기가 있다

You never know how STRONG you are⋯

until being strong is the ONLY choice you have.

05

다양한
인생

빈의 선물가게에서 만난 스트라우스

문득 나의 대학 동창들이 어디에서 무엇을 하며 살고 있는지 궁금해졌다. 1984년 연세대 영문과에 같이 입학했던 재기발랄했던 동기들… 160명 동기들 중에 남학생은 10명이었고, 여학생이 150명이었다. 대학 때는 다 비슷했다. 취미가 다르고 연애 취향이 다르기는 했지만, 크게 보면 우리는 같은 과 여대생들이었다. 그러나 그로부터 20여 년이 더 지난 지금, 우리들의 삶은 너무나 다른 궤적을 그리면서 가고 있다.

검사 남편을 만나 살다가 최근에 다시 사회생활을 하고 싶어 초등학교 선생님 임용고시를 보았지만 실패하고 보험판매 일을 하는 친구, 기러기 생활을 위해 아이들 데리고 캐나다로 떠났다가 이혼하고 한 번 더 결혼했다가 다시 헤어진 후 부동산 중개업으로 큰손이 된 친구, 10년 연상의 남편을 만나 결혼해서 평범하게 살다가 선거에 나가서 떨어진 남편 뒷바라지하는 친구, 아직 결혼하지 않고 변호사로 일하면서 '능력 있고 말 통하는 남자' 만나기를 꿈꾸는 친구, 대학 때 염문 꽤나 뿌리면서 다니던 퀸카였는데 지금은 결혼정보회사에서 커플 매니저가 된 친구, 영어 강사로 이름을 날리는 친구, 기자가 되어 지방에서 보도국장을 하고 있는 친구……

20여 년이 지난 지금 돌아보면 같은 인생이 하나도 없다. 같은 캠퍼스에서 매일 같이 밥 먹고 같이 돌아다니던 시절에는 우리의 인생이 이렇게 10만 8천리나 떨어져서 달라질 것이라고는 생각하지 않았다. 나이 들어도 여전히 같이 있을 줄 알았다. 그런데 인생은 앞으로 달려나가는 것이고, 한번 각도기 달리지면 다시 만나기 힘든 다른 길로 갈 수도 있는 것이었다. 지금부터 환갑을 넘기는 사람은 남자 평균 91세, 여자 평균 97세까지 산다는 기사를 읽었다. 그렇게 보면 아직 인생의 반도 못 살았는데, 앞으로 그 많은 나날을 같이 갈 인생의 동반자들을 만나 같이 가다가 흩어지기도 하리라. 인연은 그런 것이다.

밤 거리의 카페, 밤의 거리는 낮과 밤의 느낌이 다르다. 밤에는 음악이 절로 흘러나올 것 같고, 뒤에 보이는 대성당의 웅장함도 더하다

06

나의
사랑하는 정원

로텐부르크(Rotenburg)는 동화 같은 도시다. 아기자기한 집과 꽃과 카페 속을 걸어 다니다 보면
동화의 나라 속을 헤매는 듯한 기분이 든다

미국의 성공한 CEO들 뒤에는 가정에서 외로워하는 부인들이 있다. 남편은 늘 회사 일을 껴안고 살고 해외출장이 잦아서 거의 과부처럼 지낸다. 이런 가정에서는 가정불화가 일어난다.

이런 부인들을 위한 좋은 방법이 소개되었다. 집에다가 정원을 하나 만드는 것이다. 정원을 가꾸려면 손이 많이 간다. 아침부터 일어나서 물 주고 가지치기를 하고, 비료를 뿌리고, 꽃을 심고… 할 일이 너무나 많아진다. 그러다 보면 어느새 바빠진 부인들이 별로 불평을 하지 않고 부부 사이도 좋아진다는 것이다.

누구에게나 정원은 필요하다. 그것이 실제로 정원일 필요는 없다. 하지만 몰입하고 사랑을 쏟고, 에너지를 갖다 부을 대상이 필요하다. 남자들은 대부분 회사와 일이라는 정원을 한평생 가꾸느라 정신이 없다. 우리나라에서 부인들은 자식 키우기를 정원 가꾸기처럼 한다. 매니저가 가수 스케줄을 돌보듯 아이들을 학원과 유능한 선생님 사이로 돌린다. 물을 주고 가지치기를 하고 꽃을 심듯이 아이들을 가꾼다. 아이들이 커서 심리적으로나 현실적으로 품 안에서 떠나가면 공허해질 수밖에 없다. 그동안 공을 들여 가꾼 정원이 너무나 허망하게 사라져버린 듯한 느낌에 견디기가 힘들어진다. 그러고 나서 갑자기 정원을 찾기란 쉽지 않다. 퇴직한 남편도 정원을 찾아야 하는데, 그 정원을 어디서 찾아야 할지 막막해진다.

앞으로는 평균 수명이 90에 이르기 때문에 가장 중요한 산업은 라이프 스타일 산업이 될 것이라고 한다. 어떻게 하루하루 시간을 메우고, 그 시간을 어떻게 하면 더 즐겁게 지낼 수 있을까 하는 것이 노년의 과제가 된다. 미국 MIT대학에서 미래예측을 한 걸 보면, 2050년에는 산업의 50퍼센트 이상이 여가·레저 산업이 될 것이라고 한다. 평균 수명이 90세인 시대에는 그럴 수밖에 없으리라고 본다. 등산, 헬스, 골프, 바둑도 하루 이틀이지 30여 년을 그것만 하고 살 수는 없으리라.

나의 정원은 무엇인가? 내가 물을 주고 가지를 치고, 비료를 주고, 꽃을 심는 정원이 무엇인지 물어보게 된다. 한평생 정성껏 가꿀 정원이 있다면 시간은 훨씬 더 값지게 흘러갈 것이고, 그 애정에 비례해서 더 생생하고 빛나는 세월을 보낼 수 있으리라. 열매는 폭풍우 속에서 익는다고 했다. 젊은 날의 폭풍우 속에서 열심히 일하면서 열매를 맺고, 노년에는 자신만의 정원을 가꾸며 살 수 있기를……

07

빗속에서
춤추는 법 배우기

베트남의 하롱베이. 이런 고즈넉한 풍경이 끝없이 펼쳐진다. 그 속에도 힘든 삶은 있다. 배를 타고 지나가면 과일 하나라도 팔아보려고 노를 저어 다가오는 아이들이 있다. 심지어 양동이를 타고 오는 아이도 있다. 아름다운 풍경 속에 깃든 고단한 일상…

Life isn't about

waiting for the storm to pass…

It's about learning to dance in the rain.

알렝 드 보통이 말하는
'성공'의 의미

런던에서 뮤지컬 「빌리 엘리어트」를 보러
갔다. 맥주를 들고 펍에서 이야기를 나누는
사람들… 런던의 빨간 버스… 지금 생각하
면 저기 내가 갔었나 싶은 느낌까지 든다

런던의 거리를 오가면서 알렝 드 보통의 글을 생각했다. 그가 쓴 글들은 철학적이면서도 매우 현실적이다. 그래서 전 세계적으로 많은 독자의 마음에 들어간다. 알렝 드 보통이 TED에서 '성공의 의미'에 대해 강연한 적이 있다.

우리는 보통 '성공'의 의미를 내 잣대가 아닌 다른 사람의 잣대를 통해서 만들어낸다. 그래서 성공한 인생과 아닌 인생을 다른 사람의 잣대로 평가한다. 누구나 인생을 살면서 커리어에 위기를 겪을 때가 있다. 자신의 커리어가 위기에 처했다고 느낄 때, 사람들이 가장 두려워하는 것은 물론 돈 문제이기도 하겠지만 실제로는 '조롱'이다. 커리어에서 낙오되어 다른 이들의 조롱거리가 될까봐 두려워하는 것이다. '조롱'을 비즈니스로 삼고 있는 것이 바로 신문과 방송이다. 알렝 드 보통의 분석이다.

신문과 방송을 보라. 공천 못 받거나 선거에 떨어져 나락으로 향한 정치인, 사기로 망한 사업가, 여성과의 스캔들이나 잠자리로 망신당하는 명망가, 이런 사람들의 이야기가 끊이지 않는다. 인간의 마음속에는 잘 나가는 사람의 나락을 구경하면서 즐거워하는 못된 심리가 있다. 어떻게 보면 자기 보호 본능의 발동이기도 하다. '나는 이렇게 살고 있지만, 저 잘난 사람들도 별 수 없어. 차라리 평범하고 안전하게 사는 내가 나아'라고 하는 보호 본능이다.

알렝 드 보통은 이런 비교의식과 질투에 대해서도 이야기한다. 누군가를 부러워하고 질투하는 것은 자신을 상대방과 일정 부분 동일시할 수 있을 때 생긴다. 대부분의 사람들은 영국의 엘리자베스 여왕을 질투하지 않는다. 엘리자베스 여왕은 질투하기에는 너무 멀리, 딴 세상에 있는 인물이다. 보통 사람들과 연관성을 찾을 만한 고리가 전혀 없다. 그래서 그녀를 질투하지는 않는다.

질투의 대상은 비슷한 사람들 사이에 있다. 학력이나 직업이 비슷하거나 연령, 외모의 수준이 비슷하거나, 같은 학교를 나왔거나… 이럴 때 비교의식과 질투가 생긴다. 그래서 학교 동창회에 가면 "저 애 옛날에는 침만 흘리고 자더니, 이제 용 되었다"는 식의 비꼬는 말을 쉽게 들을 수 있다.

성공의 의미를 다른 사람과 비교하는 데서 찾기 시작하면, 아무리 성공한 인물도 행복할 수 없다. 더 나은 성공을 이룬 이는 반드시 있게 마련이다. 그래서 성공의 의미를 스스로 만들 수 있는 사람만이 참으로 성취감을 느끼고 행복하게 살 수 있다.

09

주변 사람들의
성공을 도와라

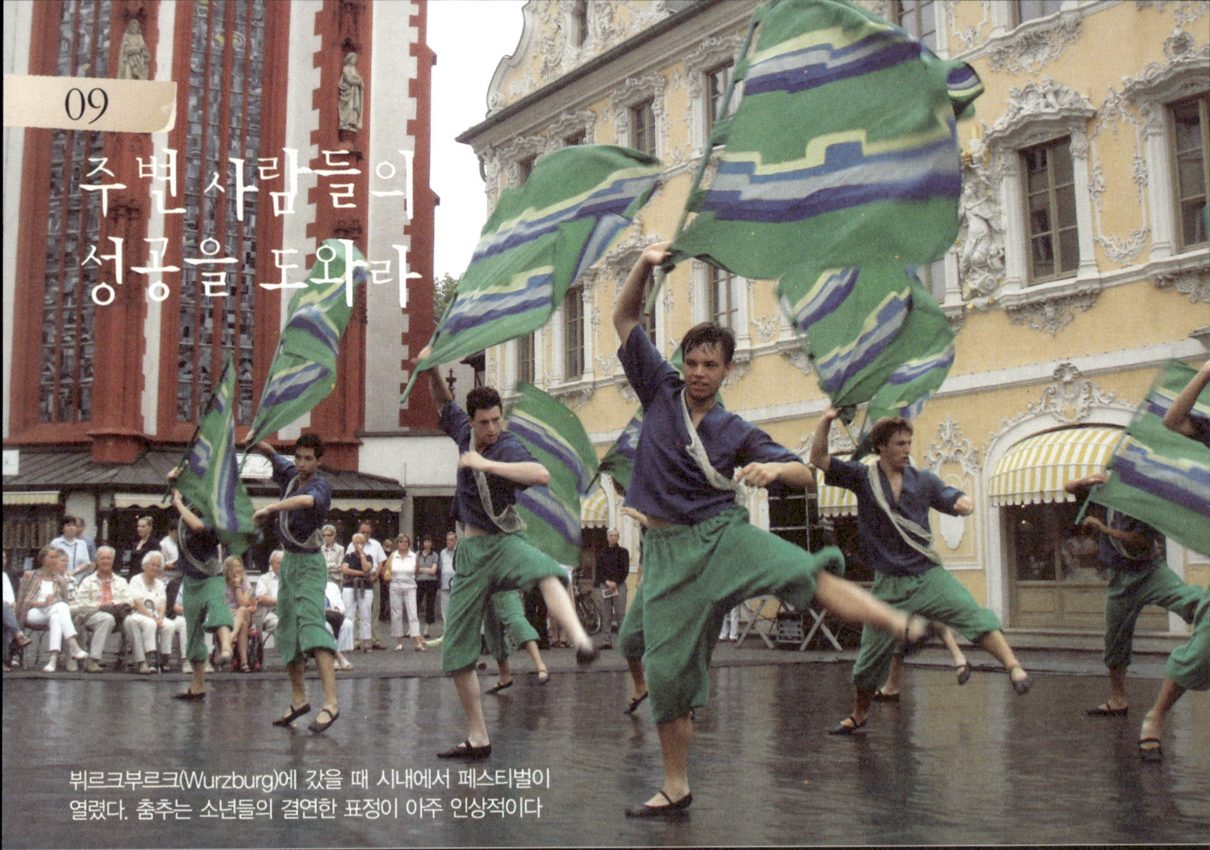

뷔르크부르크(Wurzburg)에 갔을 때 시내에서 페스티벌이
열렸다. 춤추는 소년들의 결연한 표정이 아주 인상적이다

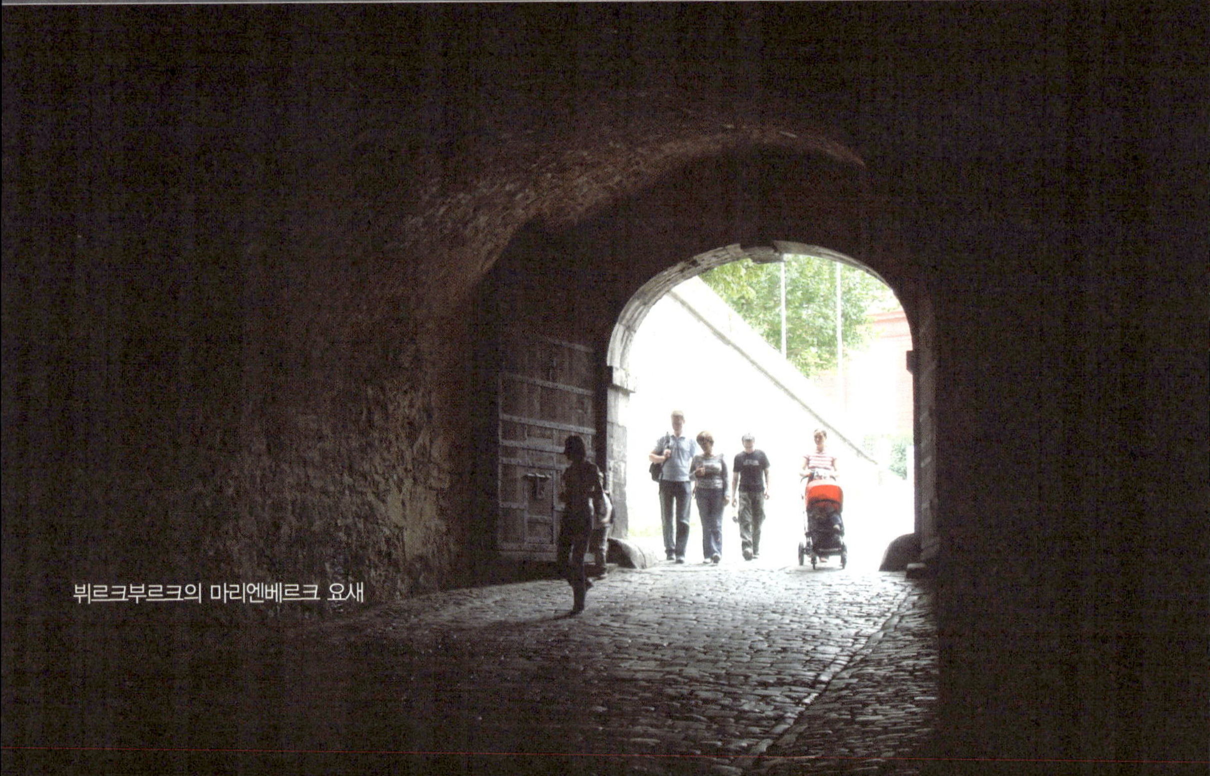

뷔르크부르크의 마리엔베르크 요새

강철왕 앤드류 카네기의 말처럼

주변 사람들을 부자로 만들지 않고서 부자가 되는 사람은 없다.

그러므로 진정 성공하고자 한다면

먼저 당신 주변 사람들이 성공하도록 도와라.

당신이 가진 능력, 열정, 희망, 비전을 주변 사람들과 나누어라.

그러면 사람들은 자기가 가진 에너지를 당신에게 나눠줄 것이다.

내가 누군가의 성공을 위해 열심히 도와주는 것은

곧 나의 성공을 위해 도와줄 사람들의 숫자를 늘리는 것과 같다.

나를 위해 최선을 다해줄 사람들을 원한다면,

내가 먼저 남을 위해 최선을 다해야 한다.

이렇게 서로가 서로에게 최고의 조력자가 될 때,

한 사람 한 사람의 긍정적인 에너지가 모여서 커다란 힘을 발휘하게 된다.

_ 진수 테리, 『편을 잡아라』 중에서

10

골똘히 생각하는
'생각 주간'

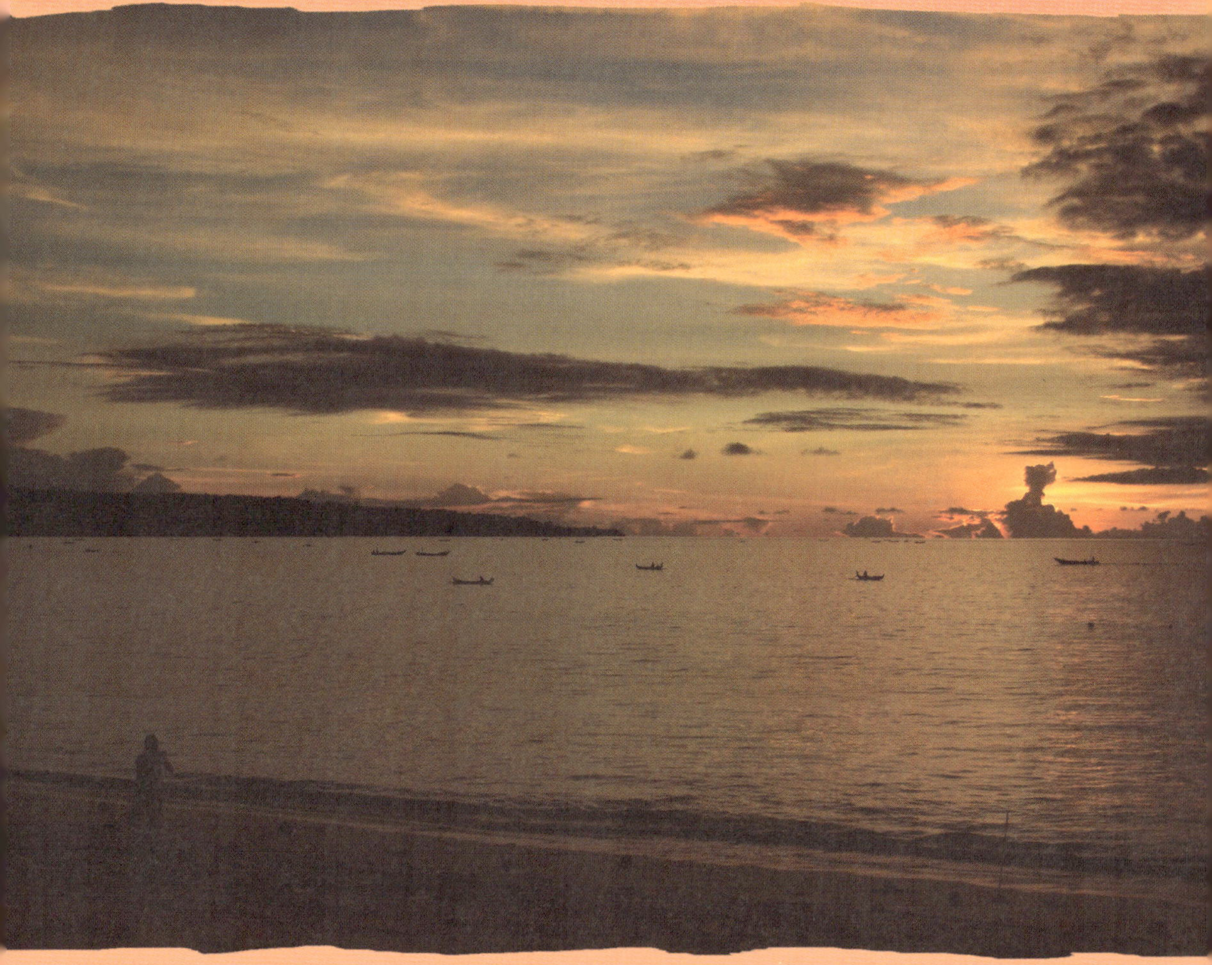

지금까지 봤던 저녁노을 중에서 가장 아름다운 건 발리의 짐바란 해변의 노을이었다. 시시각각 물
드는 바다와 하늘빛은 천지창조를 연상시키는 장관이었다

마이크로소프트의 빌 게이츠는 1년에 두 차례 은둔 휴가를 떠난다고 한다. 이 휴가를 'Think Week'라고 하는데, 과거를 돌아보고 미래를 내다보는 '생각 주간'이다. 아무것도 안 하고 골똘히 무언가를 생각할 수 있는 여유를 우리는 얼마나 가지고 살아가고 있나?

예전에 '길상사'라는 절에 간 적이 있다. 그곳에는 명상의 방이 있었다. 절을 방문한 사람들이 들어가서 아무런 생각을 하지 않고 벽을 보고 가만히 앉았다가 나오는 방이다. 명상의 방 안에 들어가 보았다. 생각을 비운다는 것이 생각만큼 쉽지 않았다. 아무리 생각을 비우려 해도, 오후에 해야 할 일, 전화해야 할 곳, 여기 나가서 어디를 갈까 하는 잡다한 생각들이 떨쳐지질 않았다. 나중에 같이 명상의 방에 앉아 있던 선배도 똑같은 어려움을 겪었다고 털어놓았다. 잡다한 생각을 떨치고 골똘히 무언가를 생각한다는 것, 그것도 훈련이 필요하다.

재미있는 기사를 본 적이 있다. '멍 때리기'가 정신 건강에 좋다는 것이다. 멍하니 앉아 있다는 의미의 '멍 때리기'는 아무 생각 없이 멍하게 있는 상태를 말한다. 병적인 상태의 '멍 때리기'는 위험하다. 하지만 건강한 '멍 때리기'는 필요하단다.

건강한 멍 때리기는 아무 생각 없이 있는 상태다. 명상이나 참선을 한 상태에서 머릿속을 비우는 것과 같다. 겉으로 보기에 몸은 움직이지 않지만 뇌 자체는 활성화된 상태다. 아무 생각 없이 가만히 있는 것은 가벼운 명상의 일종으로 정신적으로 도움이 될 수 있다는 것이다. 잡념이 많은 사람들을 위해 치료 목적으로 '생각 끊기' 훈련이 활용되기도 한단다. 일반적으로 우리가 느끼는 불안 중 80퍼센트는 이미 지나간 일이고 20퍼센트는 앞으로 절대 일어나지 않는 일이라고 한다. 그런데도 걱정이 많고 생각이 복잡하다면 생각을 끊어버리고 잠시 의식적으로 멍하게 있는 것이 도움이 될 것이다.

'멍 때리기'를 의식적으로 할 필요가 있을 것 같다. 그리고 잡다한 생각 대신 정말 중요한 것에 초점을 맞춰서 골똘하게 생각하는 훈련도 필요할 것 같다. 잡다한 생각에 치여서 중요한 생각을 골똘히 못 할 때가 많지 않은가? 잡다한 일을 처리하느라고 정작 중요한 큰일에 쏟을 시간이 없어지는 것과 같으리라. 골똘하게 생각하기. 습관으로 삼을 만하다.

11

1년의 소중함
1초의 소중함

바르셀로나의 거리는 어느 곳에 카메라를 갖다 대도 그림이 되었다. 도시 전체가 예술품이 될 수 있는 곳은 많지 않다

1년의 소중함을 알고 싶으면
1년 동안 시험을 준비해 낙방한 사람한테 물어보고,
1달의 소중함은 1달 부족한 미숙아를 난 산모에게,
1주일의 소중함은 주간지 편집장에게,
하루의 소중함은 하루 벌어서 하루 먹고사는 가장에게,
1시간의 소중함은 애인을 위해서 1시간을 기다려야 하는 사람에게,
1분의 소중함은 1분 차로 비행기를 놓친 사람에게,
1초의 소중함은 1초 차이로 대형 참사를 모면한 사람에게,
10분의 1초의 소중함은 올림픽에서 은메달 딴 사람에게 물어봐라.

_ 웨인 다이어

코카콜라 회장인 더글라스 아이베스터는 이 글을 인용해서 전 세계 코카콜라 직원들에게 새해 편지를 보냈다.

1년의 소중함을 알고 싶으면 입학 시험에 떨어진 학생에게 물어보십시오.

1년이라는 시간이 얼마나 짧은지 알게 될 것입니다.

한 달의 소중함을 알고 싶으면 미숙아를 낳은 산모에게 물어보십시오.

한 달의 시간이 얼마나 힘든 시간인지 알게 될 것입니다.

한 주의 소중함을 알고 싶으면 주간 잡지 편집장에게 물어보십시오.

한 주의 시간이 쉴 새 없이 돌아간다는 것을 알게 될 것입니다.

하루의 소중함을 알고 싶으면 아이가 다섯 딸린 일일 노동자에게 물어보십시오.

24시간이 정말 소중한 시간이라는 것을 알게 될 것입니다.

한 시간의 소중함을 알고 싶으면 약속장소에서 애인을 기다리는 사람에게 물어보십시오.

한 시간이 정말로 길다는 것을 알게 될 것입니다.

1분의 소중함을 알고 싶으면 기차를 놓친 사람에게 물어보십시오.

1분이 얼마나 소중한 시간인지 알게 될 것입니다.

1초의 소중함을 알고 싶으면 간신히 교통사고를 모면한 사람에게 물어보십시오.

그 순간이 운명을 가를 수 있는 시간이라는 것을 알게 될 것입니다.

1,000분의 1초의 소중함을 알고 싶으면 올림픽에서 아쉽게 은메달을 딴 사람에게 물어보십시오.

1,000분의 1초에 신기록을 세울 수 있다는 것을 알게 될 것입니다.

당신이 가지는 모든 순간을 소중히 여기십시오.

시간은 아무도 기다려주지 않습니다. 어제는 이미 지나간 역사고, 미래는 누구도 알 수 없는 신비일 뿐입니다.

오늘이야말로 당신에게 주어진 최고의 선물입니다.

그래서 우리는 현재(Present)를 선물(Present)이라고 부릅니다.

멋지지 않은가? 열심히 살고, 열심히 일하자는 평범한 메시지를 이렇게 감동적으로 전할 수도 있다.

12

인생에서
돌이킬 수 없는 네 가지

괌의 아름다운 오후. 괌의 바다
색깔은 정말 아름다웠다. 지나가
면 돌이킬 수 없는 시간처럼…

There are four things you cannot recover in life.

The **STONE** after is thrown.

The **WORD** after is **SAID**.

The **OCCASION** after is **MISSED**.

The **TIME** after is **GONE**.

13

젊음지수
Youth Quotient

최근에 현대백화점이 '젊음지수 진단법'이라는 걸 내놓았다. 실제 나이보다 얼마만큼 젊게 살고 있는지를 판단해볼 수 있는 YQ(Youth Quotient), 일명 젊음지수 진단이다. IQ나 EQ처럼 자신의 심리와 행동을 평가해 실제 나이보다 얼마나 젊게 살고 있는지를 판단하는 기준을 만든 것이다. 남, 여 각각 13개 문항으로 구성된 '젊음지수 진단표'를 통해 해당 항목을 체크한 후 점수를 합산

밀라노의 몬테 나폴레오네 거리. 나이를 초월한 멋쟁이들로 가득한 거리다

하면 실제 나이보다 얼마나 젊게 사는지를 판단한 수 있다.

평가방식은 13개 항목 중 자신에게 해당하는 항목을 체크한 후 점수를 합산하면 된다. 남녀 각 13개 문항의 총 점수를 합해 '-' 값이 나온다면 실제 나이보다 젊게 살고 있다는 의미이며, '+' 값은 실제보다 더 나이 들게 살고 있다는 의미다.

옷차림에 신경 쓰는 친구나 동료들이 카사노바처럼 느껴진다.	+3점
올해도 금연에 실패해 가족에게 잔소리를 듣고 있다.	+2점
어느덧 나의 옷 치수를 파악하지 못하게 되었다. 특히 허리 사이즈!	+2점
부쩍 적어진 머리숱이 자녀 교육보다 더 걱정이다.	+1점
최근 가장 크게 웃어본 것은 「개그콘서트」를 봤을 때밖에 없다.	+1점
아내와 함께 콘서트에 간 게 언제였는지 가물가물하다.	+1점
트위터나 미투데이 같은 소셜 미디어로 동료, 지인들과 소통한다.	−1점
집 안에 나만의 공간을 꾸며두고 가끔 혼자만의 시간을 갖는다.	−1점
지금도 청바지가 잘 어울린다는 소리를 듣는다.	−1점
남성전용 화장품을 사용하며 특별히 좋아하는 향수가 있다.	−1점
밴드나 할리데이비슨 동호회 등 독특한 취미활동을 즐긴다.	−2점
매년 건강검진도 받고 비타민도 꼭 챙겨먹는다.	−2점
「추노」를 보면 장혁 같은 식스팩을 만들고 싶다는 욕심이 생긴다.	−2점

여성 진단표

어느덧 나도 엄마가 하던 파마머리를 하고 있다.	+3점
가장 자주 하는 운동은 '숨쉬기 운동'이다.	+2점
허리가 고무줄로 된 바지나 치마를 우선적으로 선호한다.	+2점
통장 비밀번호나 인터넷 포털의 패스워드를 계속 까먹는다.	+2점
옷장을 열어보면 착시효과가 있는 블랙 컬러 일색이다.	+1점
요즘 뭘해도 심드렁하고 움직이고 싶은 의욕도 없다.	+1점
피부과 시술과 안티에이징 화장품에 투자할 수 있다.	−1점
문화센터에서 트렌디한 강좌를 듣는 것이 즐겁다.	−1점
밸리댄스나 요가 등 몸을 움직이는 취미를 하나 이상 갖고 있다.	−1점
최근 남편과 단둘이 영화 『아바타』를 3D로 감상했다.	−1점
에코백이나 머그잔 등 친환경 아이템을 실생활에서 활용한다.	−2점
2PM과 2AM의 멤버를 구분할 수 있다.	−2점
10센티미터 이상의 킬힐에 도전할 수 있다.	−2점

Part 4

내 마음속의 타인,
나를 들여다보다

행복한 것과
행복하다고 느끼는 것

울름 구시가지 노천 바 풍경. 행복을 점수로 매긴다면 몇 점일까? 한때, 만나는 사람마다 자신의 행복이 몇 점인지 매겨보라고 했다. 놀랍게도, 많은 사람들이 70~80점의 점수를 주고 있었다. 그런데 누군가 "나는 150점!" 하고 외쳤다. 그는 연애를 시작한지 3개월 된 행복의 정점에 있었다

행복은 무엇일까? 행복은 어디에 있을까? 이 주제를 가지고 심리학자들은 많은 연구를 했다. 인간이 느끼는 행복이라는 것이 절대적인 존재가 있는 것인지, 우리의 머리와 마음속에서 만들어내는 것인지조차 분명하지 않다.

올림픽에서 메달을 딴 선수들을 연구한 심리학자도 있다. 행복을 연구하는데 왜 올림픽 메달리스트들을 연구하느냐고? 그들이 메달을 따고 나서 느끼는 행복의 정도를 비교해보고자 하는 것이다. 금메달, 은메달, 동메달을 딴 선수들의 표정을 일일이 분석했다. 행복한 표정인지, 아쉬운 표정인지 연구 조교들이 분석했다. 판정단끼리의 일치도는 상당히 높았다. 인종과 문화가 달라도, 사람의 표정에서 그것이 아쉬운 표정인지 만족한 표정인지는 알 수 있다. 결과? 금메달리스트야 당연히 환희 그 자체였다. 동메달리스트들도 행복했다. 아차 하면 메달권에 들지도 못할 뻔했으니… 그들은 기뻐했다. 문제는 은메달리스트들이다. 그들의 표정은 행복감보다 아쉬움이 더 컸다. 조금만 더 잘했으면 금메달을 따는 건데… 하는 표정이다.

표정만 가지고 정확하지 않을 수 있으니 메달리스트들이 방송에서 인터뷰한 내용을 분석했다. "더 ○○○할 수 있었는데"라는 식의 표현이 들어가는지, 아니면 순전히 기쁘다는 표현인지 분석했다. 그 결과도 마찬가지! 은메달리스트들은 금메달을 놓친 데 대한 아쉬움이 더 컸다. 인터뷰를 하는 저널리스트들이 억지로 은메달리스트들에게 아쉬움을 끄집어내지는 않은지까지도 분석했다.

이 결과는 시사하는 바가 크다. 우리의 행복은 기준점을 어디에 두느냐에 따라 달라진다는 것이다. 은메달이 동메달보다 더 우수한 성적임에도 불구하고, 은메달 선수들은 기준점을 금메달에 두었다. 그러니 은메달을 따고도 덜 행복했다. 동메달 선수들의 기준점은 메달권에 들지 못한 불쌍한 선수들이었다. 자신도 그 그룹에서 헤맬 뻔했다는 사실에 대한 안도감이 그들을 더 행복하게 했다.

로또에 당첨된 사람들을 집중적으로 연구한 결과도 있다. 우리는 로또에 당첨되면 인생이 완전히 바뀌어서 행복 그 자체일 거라고 꿈꾼다. 그런데 실제로 로또에 당첨된 사람들을 분석해보면 이렇다. 로또에 당첨된 직후에는 예상대로 행복해한다. 그런데 시간이 지날수록 그들의 행복도는 로또에 한 번도 당첨된 적 없는 사람들과 거의 같아진다.

왜? 인간은 자신이 처한 상황에 익숙해지기 때문이다. 아무리 좋은 일이 일어나도 시간이 지날수록 그 상황에 익숙해지면서 만족도는 낮아진다. 바다가 내려다보이는 해변가에 집이 있으면 정말 좋을 것 같다. 그런데 실제로 그런 집에 살면서 한 달만 지나면 바깥 풍경도 곧 시들해진다.

좋은 일에 대해서도 익숙해지지만, 나쁜 일에 대해서도 마찬가지로 익숙해진다. 사고를 당해서 다리를 쓸 수 없게 된 경우를 상상해보면, 그 나머지 인생이 얼마나 끔찍할까 생각하게 된다. 그런데 막상 그런 일을 당해서 걸을 수 없는 경우에도 시간이 지나면 우리가 상상하는 것만큼 끔찍한 인생은 아니다. 나름대로 그 상황에 익숙해지면서 세상이 상상했던 것만큼 나쁘게 여겨지지 않는 것이다.

심리학자 댄 길버트는 행복에 'real happiness'와 'synthetic happiness'가 있다고 본다. 'real happiness'는 말 그대로 바라는 것을 갖게 되었을 때의 행복감이다. 원하는 것이 이루어졌을 때, 목표가 성취되었을 때 우리는 real happiness를 느낀다. 그런데 원하는 것을 갖지 못하고, 예상치도 못한 불행한 상황에 처할 때도 사람들이 행복을 느낀다. 이때의 행복이 synthetic happiness다. 권력과 명예를 마음껏 누리다가 한순간에 모든 것을 다 잃고 산 속으로 들어간 정치인이 있다. 몇 년 후 그가 한 말, "산속에서의 그 시간들이 나에게는 진정으로 행복한 시간들이었다." 비틀즈의 원래 멤버로 드럼을 치던 이가 있다. 이 사람은 비틀즈가 유명해지기 직전에 그룹에서 빠졌다. 그 자리 에 링고 스타가 들어갔다. 불후의 명그룹이 되어서 부와 명예를 다 누린 비틀 즈의 멤버가 될 뻔했던 이 사람의 말, "비틀즈 활동을 하지 않은 건 내 인생에 서 정말 잘한 일이었다." 마찬가지로 감옥에서 몇 년, 몇십 년을 살다 나온 사 람들이 이런 말을 한 경우도 있다. "감옥에 있던 그 시간은 내게 행복한 시간이 었다."

하하, 그렇다면 인생에 있어 행복의 비법이 드디어 밝혀졌다. 권력과 명예를 맘껏 누리다가 어느날 모든 걸 잃고 산으로 들어가라. 감옥에서 최소한 몇 년 을 보내라. 혹은 절대로 비틀즈의 멤버가 되지 마라.

행복의 조건을 잃은 사람들이 "나는 행복했다"라고 말할 때 우리의 반응은 이 렇다. "네, 그러세요?" 예의바른 긍정의 의미와 연민, 동정 같은 게 같이 섞인 반응이다. 그렇지만 그들이 느낀 행복감은 정말 완전한 가짜였을까? 아니다. 그들은 스스로 synthetic happiness를 만들어내서 느낀 것이다. 불행한데 행 복한 척하는 것이 아니라, 행복의 광합성을 스스로 해내는 것이다. 인간에게 synthetic happiness의 능력이 없다면 인류가 이렇게 지속되지도 못했을 것 이다. 불행의 도가니 속에서 헤매다가 인생을 마감하는 이들이 지금보다 훨씬 많았으리라.

독일의 남쪽 끝를 울름(Ulm)의 고즈넉한 저녁 풍경. 이곳에서 사는 이들은 synthetic happiness보다는 real happiness
를 누리며 사는 것 같다. 울름에 오는 길에 호펜하임이라는 곳에 대한 이야기를 들었다. 800명 정도 사는 마을인데,
그곳의 축구팀이 분데스리가 1부 리그에서 1위를 했다. 그러다가 조금 알려가는 했지만 우수한 팀이다. 그러다 보니
800명 정도 사는 마을에 4만 명이 들어가는 축구경기장을 지었단다. 스포츠 마케팅이라는 하지만 광장하다.

02

행복의
가격

뮌헨의 레지던스 안에 있는 금으로 만든 방. 온통 금으로 두덮여 있다. 이 방에서 그들은 행복했을까? 행복했다면, 보통 방에서 사는 사람들보다 몇 배 정도 더 행복했을까?

돈이 얼마나 있어야 행복할까?『The Billionaire's Vinegar』라는 책을 쓴 저자는 세계에서 가장 비싼 와인, 루왁 커피, 청바지, 코베 립아이 스테이크, 가장 비싼 침대, 가장 비싼 자동차 등을 다 테스트해 보았다.

코베 립아이 스테이크는 8온스에 160달러였다. 정말 작은 스테이크였는데, 저자는 그걸 다 먹지 못했다고 한다. 고기가 아니라 너무나 진한 거위 간 같아서였다. 송로버섯으로 만든 120달러짜리 콩알만 한 트러플(truffles)은 10초 후 그 향기가 다 사라졌다. 루왁 고양이의 변으로 만든 루왁 커피는 1파운드에 600달러 정도 한다.

뉴욕 맨해튼의 포시즌스 호텔에 하룻밤 3만 불짜리 방에 잠깐 들어가 보았다. 나노 기술로 만들었다는 125달러짜리 비누로 아침에 세수를 하고 나왔는데, 아무도 자신의 얼굴에 대해서 칭찬하는 사람이 없더라나?

그리고 이탈리아의 부가티(Bugatti)에서 나온 베이론(Veyron)이라는 차가 있다. 1,640만 달러짜리 자동차다. 우리 돈으로 환산하면 더 어마어마한 가격이다.

이 차를 직접 타봤더니 고속도로에서 평범하게 달리는 데는 별 문제가 없더란다. 그런데 톰 크루즈가 이 차를 타고 「미션 임파서블 3」 시사회장에 도착했다. 멋있게 도착했는데, 이 럭셔리 자동차의 문이 잘 안 열리는 것이다. 톰 크루즈는 이 차의 문을 여느라 한동안 낑낑거렸다. 문 여는 자체가 '미션 임파서블 4'처럼 보였다나……

1947년 산 샤토 슈발 블랑 와인도 등장한다. 와인을 놓고 전문가들이 블라인드 테스트를 하면, 와인의 가격과 무관한 결과가 많이 나온단다. 가장 비싼 와인이 꼴찌를 하는 경우도 있다. '비싼 와인=좋은 와인'이라는 게 기대치일 수 있는 것이다.

행복의 가격에 대해서 이 책의 저자는 재치 있고 시니컬하게 분석한다. 돈이 많다고 행복한 건 아니다… 뭐 이런 식상한 교훈을 주려는 건 아니다. 그냥 각 카테고리별로 가장 비싼 물건과 서비스를 이용해 봤더니 그 정도 가치가 있는지는 잘 모르겠더라… 이 정도 평가를 하고 있는 것이다.

03

행복은 모든 것이
완벽한 상태가 아니다

Being happy doesn't mean
everything is perfect.
It means you've decided
to see beyond
the imperfections.

사이판의 하얏트 호텔 앞 해변. 해가 지는 일몰의 색깔이 환상적이었다.
다음에 사이판에 오면 꼭 이곳에서 지내야겠다고 생각한 곳이다

04 말하지 않는 것을
듣는 것

베니스의 모나코 그랜드 커낼(Monaco Grand Canal)
호텔에는 물을 바라보는 카페가 정말 예쁘다

호텔로 오는 손님들을 실어나르는 곤돌라

미국 조지아 주립대학의 마이크 매스콘 교수는 이런 글을 썼다. 고객의 소리를 듣기 위해서는 세 개의 귀를 가져야 한다. 하나는 말하는 것을 듣는 것, 다른 하나는 말하지 않는 것을 듣는 것, 그리고 또 다른 하나는 말하려고 하지만 어떻게 말해야 좋을지 모르는 것을 듣는 것이라고 한다. 상대의 마음을 읽는다는 건 이처럼 어려운 일이다. 말 속의 뜻, 그건 말만 가지고 전달되지 않는다.

05

내가 보는 나,
다른 사람이 보는 나

나오시마 섬의 베네세 호텔에 있는 작품

나오시마 섬 베네세 호텔의 레스토랑. 바다를 바라볼 수 있는 풍경이 참 마음에 들었다

미국에서 박사과정 공부를 할 때 나의 희망은, 교수가 되어서 내 이름을 걸고 글을 쓰는 것이었다. 박사를 마치고 미국 클리블랜드 주립대학교 신문방송학과의 교수가 되었다. 그리고 다시 숙명여대 언론정보학부의 교수가 되었다. 내 이름을 걸고 글도 많이 썼다. 커뮤니케이션에 관련된 책만 6권을 냈다. 그리고 거의 모든 신문에 6개월씩 돌아가면서 칼럼을 다 써봤다. 한 신문사에서 칼럼 연재가 끝나면 기다렸다는 듯이 다른 신문사에서 칼럼 연재를 해달라고 했다. 그렇게 해서 거의 모든 신문에 칼럼을 다 쓰게 되었다. 칼럼을 안 쓰고 있는 기간이 없을 정도였다. 그렇게 10년이 흘렀다.

사실 교수가 되어서 내 이름 걸고 글을 쓰니 소원은 다 이룬 것이다. 앞으로도 나의 직업은 글 쓰는 사람이다. 교수라는 '직'을 가지고 글 쓰는 일을 '업'으로 삼고 평생 살아갈 생각이다. 그런데도 정말 나는 내 자신이 별로 훌륭하다고 생각해본 적은 없다. 가끔 그걸 학생들을 통해서 볼 때가 있다. 오늘도 학생들과 행사가 있었다. 포스트잇에 내게 하고 싶은 말을 빽빽하게 써서 큰 판에 붙여놓았다. 그중에는 이런 말들이 많다.

"교수님, 저는 나중에 교수님처럼 되고 싶어요."

"교수님은 저의 롤모델이에요. 정말 멋지세요."

이런 학생들의 생각을 볼 때마다 나는 손발이 오그라들듯이 부끄러워지곤 한다. 내가 뭐 대단하다고 이 어린 학생들이 나를 롤모델로 삼는가… 나처럼 되고 싶다고 하는가… 그들의 눈에 비친 나의 모습을 생각하면 더 큰 의무감을 느낀다. 정말 잘 가르쳐야 하겠구나, 지식뿐만 아니라 영감을 불어넣어 줘야 하겠구나, 정말 인생에 필요한 이야기를 많이 해주어야 하겠구나, 동기부여를 많이 해줘야 하겠구나, 하는 생각이 든다. 그래서 이렇게 학생들의 눈에 비친

내 모습을 발견할 때마다 새로운 각오를 하게 된다.

내 수업을 듣는 모든 학생들이 해야 하는 과제가 있다. 바로 책 읽고 문제 내고 답 쓰는 과제다. 학기마다 내공도 깊으면서 '글맛' 도 있는 책을 100권쯤 선정해준다. 신문방송학과 관련한 책만이 아니다. 경제, 경영, 건축, 미술, 음악, 심리학, 수필, 평론집 등 분야는 실로 다양하다. 각 분야에서 내공도 깊으면서 글맛이 있는 저자들의 책이다. 내가 읽고 그 깊이와 글에 반해서 학생들에게 꼭 읽히고 싶은 책들이다.

이 중에서 자유롭게 한 달에 한 권을 골라서 읽으라고 한다. 이 책 목록을 가지고 일단 서점에 가라고 한다. 그리고 목록에 따라 책들을 뒤적여보라고 한다. 마음에 드는 책이 있으면 한 달에 한 권 선정해서 읽으라고 한다. 책을 읽고 나서는 스스로 문제를 내게 한다. 자신의 인생과 관련해서 주관식 문제를 하나 낸다. 그리고 자신이 낸 그 문제에 스스로 답을 쓰게 한다.

그렇기 때문에 같은 책을 읽어도 같은 리포트는 하나도 없다. 자신이 나름대로 문제를 내기 때문에 같은 문제 역시 하나도 없다. 답도 물론 다 다르다. 그들이 쓴 문제와 답을 보다 보면 이들이 무엇을 고민하는지, 무엇에 아파하는지, 무엇에 목말라하는지 알게 된다. 내가 해결책을 다 주지는 못하지만, 문제에 대해서 골똘하게 고민하는 사이 스스로 답을 찾아가리라고 본다.

내가 보는 나와 다른 사람이 보는 나는 다르다. 누구나 다 그럴 것이다. 자신의 인생이 100퍼센트 마음에 드는 사람은 없을 것이다. 하지만 남들이 보기에는 좋아 보이기도 한다. 자세히 들여다보면 다 좋기만 한 인생은 아니다. 결국 주어진 것에 감사하는 인생이 잘 사는 인생이다.

논리 없는 창의성,
창의성 없는 논리

스페인의 달리 미술관. 달리의 작품 2만여 점이 모여 있다. 인구 2만여 명의 피게레스에는 달리 미술관이 있기 때문에 세계 각국에서 관광객이 몰려든다

초고층에서의 번지점프를 앞두고 벌벌 떨고 있는
3개국 사람들에게 이렇게 말하면 된단다.

영국 사람에게 : 신사처럼 뛰어내려라

프랑스 사람에게 : 예술적으로 뛰어내려라

한국 학생에게 : 내신에 들어간다

공부를 한다는 건 단순한 지식 습득이 아니라, 스스로 창조적인 생각을 하는 능력을 키우는 것이다. 우리나라 교육의 경우 문과와 이과의 선을 그어놓는 데서 창의성이 많이 제한된다. 물리학 전공이라도 인문학적 소양을 갖춰야 큰다. 문과라도 수학적인 사고와 논리를 갖춰야 한다.

나는 수학을 지독히도 싫어하고 못하던 고등학생이었다. 고1 때 수학시험을 보면, 100점 만점에 5점도 맞아 봤다(교실 뒤편에서 무릎 꿇고 손들고 앉아 있었다). 그러다 보니, 고1 때 반에서 40등까지 해보았다. 공부를 이렇게 못하니 어느 날 아버지께서 "공부하기 싫으냐?" 하고 물어보셨다(우리 아버지는 교수로 정년퇴임 하셨다). 공부하기 싫다고 하니, 그렇게 공부하기 싫으면 공부 안 해도 된다고 하셨다. 대신 고등학교를 졸업하면 어디 회사에 경리로라도 취직해야 할 테니, 주산과 타자학원에 다니라고 하셨다. 그래서 나는 방학 때 주산과 타자학원에 다녔다. 공부에서 해방되니 즐겁다고 생각하면서 주산과 타자를 배우러 다니다 어느 날 갑자기 두려운 생각이 확 들었다. 친구들은 계속 공부해서 대학도 가고 할 텐데, 나만 이렇게 경리 취업 준비를 하고 있다는 사실이 정신을 번쩍 들게 했다. 일종의 '충격요법'으로 다시 공부전선에 돌아오게 된 거다. 그래서 고2 여름방학 때부터 『수학의 정석』을 거의 외우다시피 공부했다. 수학에 기초가 없는 상태에서 공부를 하려니 거의 외우다시피 할 수밖에 없었다.

거의 모든 과목을 다 외웠다. 고3이 되어서 성적이 갑자기 너무 좋아지니 담임 선생님이 불러서 커닝한 건 아닌지 문초를 하셨다. 고등학교 시절 그렇게 수학을 공부했다(지금처럼 내신이 중요했다면 대학에 못 갔을 거다).

연세대 영문학과에 가서는 "이제 수학은 안 해도 된다"며 좋아했다. 그런데 미국 유학을 가서 공부하면서는 통계와 씨름을 하게 되었다. 미국의 사회과학은 통계를 기초로 한다. 주장을 하려면 통계적인 증거를 내놓아야 한다. 그래서 석사 때부터 박사 때까지 통계 과목을 10개 이상 들어야 했다. 묘하게도 처음 석사 때 들은 통계 과목을 가르친 교수가 참 재미있게 수업을 했다. 그래서 '통계라는 게 이렇게 재미있는 거구나' 하는 생각을 하게 되었다.

박사과정에서는 통계 수업을 더 많이 들어야 했다. 미국 학생들은 수학에 우리보다 더 약하다. 미시간 대학에는 여름방학 때만 특별히 미국 전역의 통계학자들이 와서 개설하는 통계 캠프 같은 ICPSR과정이라는 것도 있었다. 어려운 통계 과목을 들을 때, 학생들이 거의 다 이해 못 하는 과정도 있었다. 한번은 내 옆의 미국 학생이 미궁에 빠진 표정으로 나를 보고 물었다.

"Do you know what's going on?"

숙제 하나를 하려면 20시간이 걸리는 숙제도 많았다. 스터디 그룹을 만들어서 그 숙제를 같이 하기도 했다. 우리 스터디 그룹에 코넬 대학에서 석사를 하고 온 학생이 있었다. 통계 숙제를 하느라 계산을 한참 하다가 '−2−1=?'이라는 부분이 나왔다. 다들 '−3'이라고 하니까, 매리온이 고개를 갸우뚱하면서 "Are you sure?" 하는 것이다. 자기는 '−1'이라고 주장했다. 계산기까지 꺼내드는 그 모습에 우리는 다 질렸다. 그 학생은 학업을 못 마쳤다.

어느 통계 과목은 교수가 엄청나게 까다로웠다. 시험을 보는데 30문제가 나왔다. 다 손으로 계산해서 문제를 푸는 시험이었다. 1번 문제를 풀어서 나온 답으로 2번 문제를 풀어야 했다. 그리고 2번 문제의 답으로 3번 문제를 풀어야 했다. 이렇게 해서 30문제를 푸는 시험이었다. 중간에 하나라도 답이 틀리면 그 다음부터는 다 틀리는 것. 1번 답이 틀리면 빵점 맞는 구조였다(지금 생각하면, 그때 그 교수는 약간 가학적인 기질이 있었다고 본다). 저녁 6시에 시작한 시험이었는데, 밤 12시가 되어서도 자리를 뜨는 학생이 한 명도 없었다. 검산에 검산을 하느라 시험을 끝낼 수가 없었던 것이다. 그 시험이 끝나고 밖으로 나오면, 앤아버(Ann Arber)의 차가운 겨울 날씨는 거의 영하 20도에 달했다.

생각하는 힘은 논리와 창의성을 바탕으로 한다. 논리 훈련이 안 된 창의성은 길을 잃고 헤매기 쉽다. 위성 궤도를 벗어나면 허공을 떠돌 듯이……, 반면에 창의성이 없는 논리는 범생이를 만들어낸다. '법대 나온 바보'라는 표현의 의미를 아는가? 논리와 창의성을 같이 갖춘 생각하는 힘. 그 힘을 키워주는 게 대학 교육이어야 한다.

07

선택의 여지가 너무 많으면
어떻게 될까?

보통 선택의 여지는 많을수록 좋다고 생각한다. 하지만 실제로 선택의 여지가 너무 많으면 아예 아무것도 선택하지 않는 현상이 벌어지기도 한다. 보험약관이나 펀드, MMF 등 금융상품의 경우 온갖 종류의 옵션에 머리가 복잡해진다. 이런 경우 많은 옵션을 준다는 것이 오히려 소비자들을 힘들게 해서 아예 아무것도 선택을 하지 않게 하기도 한다. 잘못된 선택을 해서 물릴 수도 없는 손해를 보게 되느니, 안전하게 아무것도 하지 않겠다는 결정을 내리는 것이다. 그렇기 때문에 선택의 여지를 주더라도 상대방이 소화 가능한 범위 내에서 줘야 한다.

사람의 마음은 '틀'에 따라서 움직인다. 그걸 '프레이밍'이라고 한다. 투자를 할 때, 투자의 기회를 '돈을 벌 기회'로 보느냐 '돈을 잃을 위험'으로 보느냐에 따라서 행동이 달라진다. 많은 경우, 사람들은 논을 잃는 설 더 싫어한다. 10만 원 번 것은 별 거 아니지만, 10만 원 잃은 건 더 크게 느껴지는 것이다.

우리나라 사람들이 주식투자를 하는 이유는 단 한 가지라고 한다. '원금 회복(전문용어로 반까이)'을 하기 위해서다. 어떤 사람이 6개월 동안 열심히 주식과 금융에 대해 파고 들어서 공부하고 온갖 걸 다 섭렵했다며 자랑스러워했다. 그러자 옆에 있던 다른 사람이 "그래서 수익률은 얼마인가요?" 하고 묻자 쑥스러운 표정으로 그가 대답했다.

"원금 회복은 했습니다."

밀라노 광장 옆의 쇼핑센터

사람들에게 "은행에 돈이 얼마 있습니까?" 하고 물어보면서 답의 옵션을 두 가지로 줬다.

❶ 0 – 500만 원
❷ 0 – 5억 원

그러고 나서 "스스로를 부자라고 생각하십니까?"라고 다시 물어보면 대답은 현저하게 달라진다. ❶번 옵션으로 물어보았을 때는 훨씬 더 많은 이들이 스스로 부자라고 생각한다. ❷번 옵션으로 물어보면 부자라고 생각하는 이의 수는 급격하게 줄어든다. 이것이 '프레이밍'의 결과다.

가격에 대한 프레이밍도 마찬가지다. 세 가지 옵션을 주었다.

❶ 물건값 5만 원 + 배송비 0원
❷ 물건값 2만 5천 원 + 배송비 2만 5천 원
❸ 물건값 0원 + 배송비 5만 원

결국은 모두 5만 원 내는 거다. 그래도 실험을 해보면 대다수가 ❸번 옵션을 선택한다. 물건값이 공짜라는 심리적 틀이 더 큰 역할을 하는 거다. 실제로 이 세 가지 옵션을 가지고 테스트해 보면, ❸번으로 상품을 제시했을 때 가장 많이 팔린다고 한다. 마음속의 함정. 우리는 인간이기 때문에 어쩔 수 없이 마음속의 함정을 가지고, 스스로 그 속에 빠지면서 살고 있다.

08

위기에 대처하는
우리의 자세

베트남의 하노이 시내

차와 오토바이, 자전거, 사
람이 함께 나눠 쓰는 도로

좋은 시절보다는 어려운 시절에 배울 것이 더 많다.
내가 평생 지니고 가게 될 값진 교훈들은
거의 대부분 절망의 순간에 다가왔다.

위기가 발생하면 다음의 다섯 가지 단계를 거친다.
❶ 당황하지 말 것
❷ 진상을 파악할 것
❸ 정확한 진상을 바탕으로 결정을 내릴 것
❹ 끊임없이 자문을 구할 것
❺ 재발 방지를 위해 처리 과정을 분석할 것

_ 데이비드 노박, 『노박씨, 이럴 땐 어떻게 하나요?』 중에서

쿠폰의
심리학

밀라노로 가는 기차 안에서. 유럽의 기차를 타면 기차 안에서 컴퓨터로 일하는 사
람들을 많이 볼 수 있다. 본인은 어떤 일을 하건, 남이 보기에는 매우 낭만적이다

가게에 물건을 사러 들어갈 때 쿠폰은 어떤 역할을 할까? 물론 쿠폰은 돈을 아껴주는 역할을 한다. 하지만 이걸로 끝나는 게 아니다. 쿠폰은 어떤 물건을 살지 소비자들에게 알려주는 역할을 한다. 10달러어치 사면 1달러 깎아주는 쿠폰으로 이런 실험을 했다.

❶ 쿠폰을 가게 입구에서 나눠주었다.
❷ 쿠폰을 상품 바로 앞에 진열해 두었다.

❶번과 ❷번 중에서 어느 경우에 더 많은 물건을 팔 수 있을까?
❶번이다. 가게 입구에서 나눠주는 쿠폰은 단순히 돈을 아끼는 도구가 아니라, 어떤 물건을 사야 할지 알려주는 나침반 역할을 한다. 대부분의 소비자들은 상품으로 가득 찬 슈퍼마켓에 들어갈 때, 어떤 물건을 사야 할지 잘 모르는 상태로 들어간다. 복잡하기 때문에 눈에 띄는 대로 물건을 사기도 한다. 이럴 때 쿠폰은 좋은 나침반이 되어준다. 이런 물건이 있다는 걸 다시 한 번 알려주고, 돈까지 절약하게 해주는 것이다.
쿠폰도 심리적인 타이밍이 중요하다. 가게 안에 들어가기 전에 줘야 '나침반' 역할을 제대로 할 수 있다. 물건을 사야 한다는 '일반적인' 목표를, 특정한 물건을 사야 한다는 '구체적인' 목표로 바꿔주는 것이다.
심리학은 경영학이나 사회학, 경제학 등 걸치지 않은 곳이 없다. 소비자 행동을 파헤치고, 행동의 이유를 분석하는 기초가 된다. 모든 생활에서 의사 결정을 하는 데도 우리가 모르는 우리 안의 심리적 기제가 작동한다. 카지노에서 이런 실험을 했다. 100달러를 주고 게임을 하라고 한다. 100달러를 주는 방식은 다음 두 가지다.

❶ 봉투 하나에 10달러짜리 10장을 한꺼번에 넣어준다.
❷ 봉투 10개에 각각 10달러씩 넣어서 준다.

이 경우 사람들은 ❶번에서 훨씬 더 많은 돈을 도박에 쓴다. 거의 다 써버리는 경우가 많다. 그런데 ❷번 상황이 되면 달라진다. 봉투를 하나씩 열 때마다 돈을 쓸지 말지 결정을 해야 한다. 심리적 방어기제가 되는 것이다. 그래서 ❷번 상황이 되면 한두 개 봉투를 열어서 도박을 하고 나머지 현금은 아끼는 걸 볼 수 있다. 의사 결정을 할 때, 타이밍은 이래서 중요하다. 심리적인 타이밍이 우리도 모르는 사이에 작동하고 있다.

나는 미시간 대학에서 커뮤니케이션 박사를 할 때, 부전공(supporting area)으로 사회심리학(social psychology)을 했다. 그때 사회심리학의 이론에 매료되었다. 그런 이론을 실험으로 보여주는 명확한 결과에도 눈이 번쩍 뜨였다. 우리가 모르던 우리의 마음을 사회심리학이 보여주고 있다는 걸 깨닫게 되면서 새로운 세상을 보는 느낌이었다고나 할까? 탁상공론이 아니라 실제 적용 가능한 이론이란 이런 거구나 하는 생각을 했다.

10

로또 복권
400장을 사다

라스베이거스에서 태양의 서커스 「비틀즈 러브」를 보러 갔다. 공연장 앞의 매점인데, 인테리어가 인상적이어서 찍었다. 나는 건축과 인테리어 사진을 많이 찍는다. 지금까지 수만 장의 사진을 찍었다

내가 미시간 대학에서 박사논문을 쓸 때의 일이다. 박사논문을 쓰기 위해서 여론조사 결과를 가지고 데이터 분석을 했다. 그리고 미시간 대학의 학부생 400명을 대상으로 실험을 하기로 했다. 학부생들을 실험에 참가시키기 위해서는 뭔가 반대급부를 주어야 했다. 나는 고민에 빠졌다. 무엇을 주어야 학생들이 실험에 많이 참여할까? 그것도 즐거운 마음으로 참여하게 하려면 어떻게 해야 할까?

한동안 생각하다가 드디어 결정을 내렸다. 400명의 학생들에게 로또 복권을 한 장씩 주기로 했다. 1달러씩 줘봐야 그리 값지게 생각할 것 같지도 않았고, 그렇다고 비싼 걸 줄 수도 없었다. 그래서 400명에게 로또 한 장씩을 주기로 한 것이다. 1달러짜리 로또 복권이지만 당첨되면 당시 돈으로 20억 원을 받을 수 있는 '핫' 한 아이템이었다.

로또 복권을 사러 슈퍼마켓에 갔다. 로또 코너에 있는 직원에게 다가가서 말했다. "로또 400장 주세요" 그는 나를 위아래로 훑어봤다. 마치 인생에 실패해서 마지막 남은 돈을 전부 때려넣어 로또 400장을 사려는 여자가 아닐까 하는 표정이었다. 방에 틀어박혀 논문과 씨름하다가 슬리퍼 끌고 슈퍼마켓에 간 나의 차림새는 그리 긍정적이지는 않았으리라.

아무튼 나는 로또 400장을 사와서 실험에 참여하는 학생들에게 한 장씩 나눠주었다. 반응은 생각보다 폭발적이었다. 학생들은 당첨의 꿈을 꾸며 서로 농담을 주고받기도 했다. 덕분에 실험 분위기는 화기애애했고, 학생들도 좋아했다. "로또에 당첨되면 꼭 저한테는 알려주시기 바랍니다." 나의 이런 당부에도 불구하고, 그 학생들 중 당첨된 사람은 아무도 없었다. 하지만 1달러짜리 지폐를 받는 것보다 로또 한 장 받는 걸 더 즐거워했다. '가능성' 때문이리라. 1달러짜리가 20억이 될 수도 있다는 불확실한 미래의 가능성 때문에 그들에게 로또 한 장은 1달러짜리 지폐보다 더 좋은 선물이었다(비록 '꽝'이 될지라도).

사람들이 로또를 살 때, 그들은 당첨의 가능성을 본다. 그리고 미국 텔레비전에 늘 나와서 "1백만 달러 당첨금입니다"라고 하면서 거대한 종이로 만든 1백만 달러짜리 수표를 받는 장면을 떠올린다. 에드 맥마흔이라는 유명한 방송인이 늘 그걸 전달했다. 어느 날 갑자기 우리 집 앞에 에드 맥마흔이 거대한 1백만 달러짜리 지폐를 들고 나타나는 장면이란? 생각만 해도 황홀한 일이 아닐 수 없다. 그래서 사람들은 그 장면을 떠올리면서 로또 복권을 산다. 그리고 그런 장면은 끊임없이 TV에서 방송된다.

그런데 그 장면에 해당하는 당첨이 되려면 확률이 얼마나 될까? 확률적으로 냉정하게 따지면 로또 한 장을 사는 행동은 1달러짜리 지폐를 화장실 변기에 넣고 물을 내려서 버리는 거나 다름없다. 그래서 확률적으로 보면 로또를 사는 건 '멍청한 게임'이다.

확률적으로는 멍청한 일이지만, TV에서 늘 보던 그 달콤한 환상을 생각하면 매우 현실감이 있어 보이기 때문에 사람들이 로또를 산다. 만약에 TV에서 1명의 당첨자를 30초 동안 보여줄 때, '꽝'이 된 사람들도 똑같은 시간을 할당해서 방송에 내보내야 하는 법이 생긴다면 어떨까? 30초 동안 당첨자 한 명을 본 다음에 '꽝'이 된 사람들을 30초씩 다 보려면 9년 반이 걸린다고 한다. 잠도 안 자고, 밥도 안 먹고, 아무런 일도 하지 않은 채 '꽝'이 된 사람들의 인터뷰를 30초씩 9년 반 동안 지켜보아야 하는 것이다. 그러고 나서 단 한 명의 30초짜리 당첨 인터뷰가 나오는 것이다. 거대한 1백만 달러짜리 수표와 함께…

이렇게 9년 반 동안 '꽝'을 지켜본 후에 로또 복권을 사라고 하면 과연 사람들이 살까? 거의 아무도 사지 않을 것이다. 하지만 현실에서는 당첨된 사람과 거대한 1백만 달러짜리 수표만 눈에 어른거린다. 대부분의 사람들은 당첨되는

바로 그 황홀한 장면만 계속 생각하면서 로또를 사지, '꽝'이 된 9년 반 동안의 인터뷰 따위는 생각조차 하지 않는다. 그래서 로또는 늘 인기다.

로또 10장이 있다고 치자. 이걸 10명의 사람들이 한 장씩 가지고 있다고 하면 공평해 보인다. 그런데 어느 한 사람이 9장을 다 가지고 있고 당신에게 나머지 한 장을 사라고 한다면 사겠는가? 마치 상대방이 9장을 가지고 있기 때문에 그가 당첨될 확률이 높을 것 같아 보인다.

실제로는? 9장을 가지고 있는 그 사람의 당첨 확률이나 1장을 가지고 있는 당신의 당첨 확률이나 거의 같다. 9년 반의 '꽝' 인터뷰 속에 10명이 다 묻혀버릴 가능성이 높다.

사람들은 자신에게 좋은 일은 많이 일어날 것 같고, 나쁜 일은 일어나지 않을 것이라는 환상과 기대를 가지고 있다. 사람들이 가지고 있는 확률에 대한 착각 덕분에 로또 산업은 계속 번창한다. 로또 400장을 사보면, 그런 긍정적인 환상은 그대로지만 실제 당첨 확률은 변하지 않는다. 이런 확률을 다 알고, 심리학적인 기제를 다 알고 있는 나로서도, 왠지 400명 중에 한 명은 초특급 당첨자가 나올 것 같은 생각이 들었다. 그렇지만 현실적으로는 400장을 사도 당첨은 힘들다(몰래 당첨되어서 20억 원을 받은 학생이 혹시 있었을까? 아직도 그런 생각을 가끔 한다).

라스베이거스에 갔을 때 셀린 디온과 엘튼 존의 공연이 있었다. 셀린 디온의 공연은 파워로 넘친다. 엘튼 존은 노래도 좋지만, 그가 살고 있는 집의 인테리어 사진을 보고 더 놀랐다. 예술 작품으로 넘치는 집이었다

11

데이트와
결혼의 차이

왕자와 공주가 예쁘게 살 것 같은 독일의 마을 로텐부르크(Rothenburg). 중세의 분위기를 그대로 간직하고 있다. 언젠가 이곳에 다시 한 번 가고 싶다

로텐부르크는 그리 크지 않다. 마을 끝에서 끝까지 걸어서 30분 정도 걸린다. 그런데 그 30분 거리 내에 온갖 예쁜 풍경들이 다 모여 있다

「Scientific American」이라는 잡지가 있다. 이 잡지에서는 아이튠즈(iTunes) 서비스를 통해서 「60 Second Psych」라는 방송을 한다. 심리학의 한 가지 주제에 대해서 60초, 즉 1분 동안 설명해주는 강의다. 한 주제에 대해서 1분 안에 다 설명해주려니 가장 핵심적인 것만 간단, 명료, 재미있게 전달해준다. 강의를 시작할 때마다 "Got a minute?"이라며 유쾌하게 운을 뗀다. 「60 Second Psych」를 발견한 후, 그 아이디어에 감탄하며 60개를 다운받아 듣게 되었다. 공교롭게도 다운된 리스트의 제일 위에 있는 것이 바로 「데이트와 결혼의 차이」라는 60초짜리 강의다. 저명한 심리학 저널에 실린 논문이기도 하다.

남자와 여자가 데이트를 하면서 결혼상대를 물색할 때, 그들이 가장 중요하게 생각하는 요소는 바로 이거다. "이 남자(여자)가 나의 장기적인 꿈을 이루어가는 데 파트너가 될 수 있을까?" 그리고 장기적인 꿈을 이루어가는 데 적합한 파트너라고 생각하면 결혼을 결정한다.

그런데 재미있는 것은, 결혼한 후에는 장기적인 꿈이 아니라 매일 닥치는 현실의 문제를 해결할 수 있는가를 가지고 파트너를 평가한다는 점이다. 장기적인 꿈을 같이 이룰 수는 있을 것 같아서 선택했지만, 당장 눈앞에 닥친 쓰레기 버리기에 무관심한 남편에게 분노하게 된다는 거다. 당장 먹고사는 현실의 자잘한 문제에 부딪치게 되면서 파트너에 대해서 실망하게 된다.

파트너를 선택할 때는 장기적인 꿈을 이룰 수 있는가에 초점을 맞춘다. 그런데 막상 결혼을 한 후에는 매일 자잘한 일상적인 문제에 대한 해결 능력이 먼저 눈에 들어오니 실망하지 않기가 쉬울까? 매우 이성적으로 상대를 선택한 부부도 이런 차이 때문에 괴리감을 느끼게 된다는 것이다. 재미있는 분석이다. 정말 'Scientific American' 답다.

둘에게 걸은 마음 두텁게도끌을 이리저리 돌아다니다가 눈에 들어온 한 거울. 이들은 너무나 다정했다. 언제 만났을까? 얼굴 주름 아름다운 갈색 신사. 잠시 궁금해졌다.

12

너무 빛나서
눈을 감았다

알프스의 레지나 호수. 두 종류의 물이 만나는 가운데쯤에 사람들이 걸어갈 수 있는 길이 있다. 물 사이로 난 그 길을 걷다 보면 여기가 하늘인지 땅인지 몽롱해진다. 걸어본 길 중에서 가장 푸른 길 이었다. 물속에 서 있는 탑, 두 가지 색깔의 호수, 그 사이를 오가는 사람들의 풍경은 여행이라기에 는 너무나 비현실적이다

213

광고 문구지만, 읽을수록 마음에 와 닿는 구절들이 있다. 그만큼 사람의 마음을 찌르는 데가 있는 이야기들이다. 보편적인 심리를 가장 구체적으로 읽어냈기 때문에 가능할 것이다.

쿠션은 기대기 위한 것이 아니다. 마음을 의지하기 위한 것이다.

장갑은 내 손을 감싸기 위한 것이 아니다. 누군가의 손을 따뜻하게 해주기 위한 것이다.

촛불은 어둠을 감추기 위한 것이 아니다. 마음을 드러내기 위한 것이다.

시계는 시간을 보기 위한 것이 아니다. 시간을 만들기 위한 것이다.

스탠드는 밤을 밝히기 위한 것이 아니다. 아름다운 꿈을 꾸기 위한 것이다.

_ 리꼬모

사랑은 선택이다. 선택 못 하면 사랑도 없다.

눈물 젖은 입술을 먹어보지 못한 자는 사랑을 논하지 마라.

못 하는 게 아니라 안 하는 거다. 그런데 안 하다 보면 못 하게 된다.

계산기는 그만 두드리고 이제 가슴을 두드리자.

_ 선우

올해는 제발 가, 듀오.

사랑해, 듀오.

고백해, 듀오.

결혼해, 듀오.

_ 듀오

Part 5

왜 우리는 다 같이
이런 생각을
할까

01

비밀을 공유할 때
우리는 혼자가 아니다

인스부르크의 한 레스토랑. 불빛과 음악이 달콤한 곳이었다.
많은 이들이 서로의 감정과 비밀과 일상을 공유하고 있었다

"당신은 어떤 비밀을 가지고 계세요?"

이렇게 물으면 많은 사람들이 "나는 비밀 같은 게 없다"고 답한다. 그런데, 그런 사람들일수록 털어놓을 비밀이 많다고 한다. 프랭크 워렌(Frank Warren)이라는 사람은 워싱턴 DC의 길거리에서 사람들에게 엽서를 나누어주었다. 그리고 비밀이 있으면 거기 써서 보내달라고 부탁했다.

그랬더니 놀라운 일이 일어났다. 수많은 엽서가 쏟아져 들어왔다. 쏟아지는 엽서에는 누구에게도 말하지 못했던 비밀들이 가득했다. 어릴 적 학대받은 고통에서부터, 아주 사소한 비밀까지……. 부모에게서 폭행당하는 청소년은 자기 방문에 커다란 구멍이 나 있는 사진을 보내왔다. 그리고 이런 내용이 블로그에 올라가자 각국에서 비밀을 털어놓는 글과 사진이 답지했다. 같은 고통을 안고 살아가는 사람들이 서로의 비밀을 공유하면서, 그들은 더는 혼자가 아니게 되었다. 공유하는 데서 이미 치유가 시작된다.

스타벅스 컵도 하나 도착했다. 거기에는 이렇게 쓰여 있었다.

> 오늘 나는 손님에게 몰래 디카페인 커피를 주었다. 그가 나에게 무례했으므로…

프랭크는 쏟아지는 엽서의 내용을 블로그에 다 담았다고 한다. 그리고 그 내용은 책으로도 나왔다. 사회적 미디어의 힘이다. 고통까지 나눌 수 있는……. 세상에 고통 없는 사람은 없다. 돈이 많건 적건, 지위가 높건 낮건, 가족이 많건 적건… 비밀을 공유할 때 우리는 혼자가 아니다.

02

우리가 모르던
우리 속의 욕망

토쿄의 오모테산토 힐스 주변. 도쿄에 가면 백화점에서 다이닝 바, 빵집에 이르기까지, 멋진 디자인과 깜찍한 재치와 번득이는 감각을 발견할 수 있어서 좋다

프랑스의 MBA 학교인 인시아드(INSEAD)는 아이튠즈를 통해서 그 학교의 수업이나 세미나, CEO 인터뷰 등을 다 무료로 공개하고 있다. 「Knowledgecast audio」에서 들은 인터뷰 중에서 구찌그룹의 최고경영자인 로버트 폴렛(Robert Polet)의 이야기가 인상적이었다. 전 세계적인 경제 위기를 맞아서 구찌그룹도 '잠 못 드는 밤'을 보내고 있지 않느냐는 질문이 나왔다. 그러자 로버트가 말했다.

"럭셔리 시장은 소비자들의 심리가 소비 행태에 영향을 끼칩니다. 아주 냉정하게 현실적으로만 따지면, 지금 이 시점에 새로운 가방이 하나 더 필요한 사람은 없습니다. 가방을 단순히 물건 넣어 다니는 실용적인 용도로 볼 때 그렇다는 거죠. 그런데도 사람들은 구찌의 가방을 삽니다. 왜? 그들은 단순히 물건을 넣어 다니는 가방을 사는 게 아닙니다. 구찌의 꿈을 사는 겁니다. 보테가 베네타의 세계에 들어가고 싶어서 상품을 구매하는 겁니다. 발렌시아가의 일부가 되고 싶은 겁니다. 알렉산더 맥퀸의 예술성을 사고 싶은 겁니다. 그게 브랜드의 힘입니다."

그는 브랜드 관리에 있어서 '전략(strategy)'과 '전술(tactic)'의 차이를 이야기한다. 장기적인 전략은 상황이 바뀐다고 해서 3개월마다 바뀔 수는 없다. 브랜드 전략은 장기적으로 가는 것이다. 하지만 단기적인 전술은 그때그때 바뀐다. 브랜드라는 것은 무엇으로 만들어지는가? 브랜드 자체의 이름이 우선 기반이 된다. 하지만 고객들이 스토어에 들어왔을 때 강렬한 욕망을 자극하는 상품에 의해서 완성된다. 브랜드의 이름과 환상적인 상품이 조화를 이룰 때 지속되는 거라고 강조한다. 사람들은 럭셔리를 필요로 하지 않지만, 원하기는 한다.

구찌의 최고경영자는 자신들의 브랜드를 희소성이 있도록 만드는 것이 목표라고 밝힌다. 그래서 전 세계에 구찌 매장은 255개밖에 없다. 전 세계에 255개라

면, 전 세계 국가의 숫자를 생각할 때 결코 많은 숫자가 아니다. 그리고 그들은 일 년에 3~5차례 새 컬렉션으로 매장을 바꾼다. 그렇기 때문에 같은 모양의 제품을 든 사람들과 길거리에서 마주칠 가능성은 별로 없다(가짜가 수도 없이 많은 우리나라는 좀 다르겠다).

로버트 폴렛은 비누나 샴푸로 유명한 유니레버에서 구찌로 왔다. 구찌에 와서 창조적인 인재들 관리하는 데 어려움은 없는지, 인시아드의 교수가 물었다. 그러자 그가 답한다.

"창조적인 인재는 관리하는 것이 아닙니다. 그들의 창조적인 재능을 최고로 발휘할 수 있도록 환경을 만들어주는 것뿐입니다. 창조적인 인재는 우리 회사의 동맥입니다. 그들은 사람들이 모르고 있던 자신의 욕망을 알려줍니다. 사람들이 욕망하는 상품이 무엇인지 알려주는 역할을 합니다. 사실 사람들은 자신이 무엇을 원하는지 잘 모릅니다. 모르고 있던 욕망이 상품으로 형상화되어서 나왔을 때 '와우, 저게 바로 내가 원하던 거야'라고 인식하는 것이죠."

사실 그렇다. 우리는 우리가 원하는 것이 무엇인지 모르고 있는 경우가 많다. 그래서 소비자들에게 "어떤 상품을 원하십니까?"라고 물어보는 포커스 그룹 등을 진행해도 답이 잘 안 나온다. 왜냐하면 소비자들은 자신이 어떤 상품을 원하는지 잘 모르고 있기 때문이다. 상품화되어서 나오면 그때야 모르고 있던 욕망의 실체를 발견하게 되는 것이다(아이폰이야밀로 우리가 모르고 있던 필수불가결한 상품이다). 구찌의 최고경영자가 인시아드의 교수와 나눈 대담은 '소비자의 욕망'에 대해 많은 것을 시사한다. 단순히 불필요한 욕망이 아니라, 소비자들이 모르고 있던 욕망을 꺼내주고 그것을 브랜드로 만들어 거대한 제국을 만들어가는 능력, 대단하지 않은가? 단순히 사치를 부추긴다고 말하기에는 인간 심리의 깊은 곳을 꿰뚫고 있는 것이다.

03

인간은 예측 가능하게 비이성적이다

라스베이거스의 밤 풍경. 「오 쇼」를 하는 벨라지오 호텔도 보인다

인간은 예측 가능하게 비이성적이다. 예측 불가능하게 비이성적인 것이 아니라, 예측 가능하게 비이성적이라는 것이 재미있다. 댄 애리얼리(Dan Airley)의 책 제목이 바로 『상식 밖의 경제학(Predictably Irrational)』이다.

죽은 후에 장기기증을 하는 사람이 있고 안 하는 사람이 있다. 우리나라는 장기기증을 하자고 캠페인도 벌였지만 참여자가 극소수다. 장기기증을 많이 하는 나라와 거의 하지 않는 나라가 있다. 덴마크, 네덜란드, 영국, 독일의 장기기증률은 10퍼센트대다. 그런데 오스트리아, 벨기에, 헝가리, 폴란드, 포르투갈, 스웨덴의 장기기증률은 거의 100퍼센트에 가깝다.

왜 이런 차이가 날까? 각 나라의 문화적인 차이, 이타주의적인 성향에서 이 차이를 설명하려고 하면 답이 안 나온다. 덴마크나 벨기에나 네덜란드나 스웨덴이나, 이런 문화적인 차이로는 설명이 안 된다. 답은 운전면허증 뒤에 있는 체크박스에 있다. 장기기증을 거의 하지 않는 나라에서는 운전면허증 뒤에 이렇게 쓰여 있다.

"장기기증에 참여하고 싶으면 박스에 체크하시오."

대부분의 사람들은 체크를 하지 않는다. 그래서 장기기증 프로그램에 참여하지 않게 된다. 반면 장기기증을 많이 하는 나라에서는 운전면허증 뒤에 이렇게 쓰여 있다.

"장기기증에 참여하고 싶지 않으면 박스에 체크하시오."

대부분의 사람들은 체크를 하지 않는다. 그리고 자동적으로 장기기증 프로그램에 참여하게 된다.

운전면허증 뒤에 문구를 어떻게 써놓느냐에 따라서 장기기증률이 이렇게 엄청난 차이를 보이는 것이다. 문화 차이가 아니다. 이타주의적인 성향 때문도 아니다. 이렇게 간단하게 디폴트(default)를 바꿔주는 것만으로도 참여율을 높이게 되는 것이다. 우리는 살아가면서 매일 많은 부분을 우리 스스로 결정한다고 믿는다. 하지만 잘 따져보면, 우리에게 주어진 사지선다형 중에서 선택하는 경우가 많다. 이미 결정된 패턴에 따라 행동하는 것뿐인데, 스스로의 자율의지로 결정했다고 생각하는 경우가 많다.

또 다른 사례가 있다. 어느 잡지사에서 다음과 같이 선택 항목을 주었다.

❶ 온라인 구독 : $ 59
❷ 종이잡지 구독 : $ 125
❸ 온라인과 종이잡지 동시 구독 : $ 125

이렇게 되면 결과는 어떨까? 물론 중간 항목인 종이잡지 구독 125달러를 선택하는 사람은 한 명도 없다. 그걸 선택하느니 온라인과 종이잡지 동시 구독 125달러를 선택한다. 그래서 결과를 보면 온라인 구독 16퍼센트, 종이잡지만 구독 0퍼센트, 온라인과 종이잡지 동시 구독자 84퍼센트가 된다.

그렇다면 종이잡지만 구독한다는 중간 항목은 전혀 쓸모가 없는 것일까? 아니다. 이 중간 항목은 언뜻 보기에는 아무도 선택하지 않아서 쓸모없는 항목 같지만, 실제로는 그렇지 않다. 이 중간 항목은 '온라인+종이잡지'의 콤보 딜을 더 멋지게 보이도록 만드는 역할을 한다. "와우, 종이잡지만 구독해도 125달러인데, 온라인과 종이잡지 다 합해서 125달러네. 당연히 이걸 선택해야지." 이렇게 되는 것이다.

이 중간 항목이 없다면 어떻게 될까? 실제로 이 중간 항목을 없애고 보니 결과가 판이했다. 온라인만 구독하겠다는 독자가 68퍼센트, 온라인과 종이잡지 동

라스베이거스 벨라지오 호텔 천정에 있는 데일 치훌리(Dale Chihuly)의 유리 공예 작품. 그의 유리 작품을 보면, 유리를 가지고 이렇게도 다양한 아이디어를 낼 수 있을까 감탄하게 된다. 최근에 우리나라에 그의 유리 공예 작품만 전시하는 갤러리도 생겼다

시 구독을 선택한 독자는 32퍼센트로 나타났다. 이 두 가지 종류의 선택 항목 밖에 없었을 때는 대부분의 사람들이 온라인만 구독하는 선택을 한 것이다. 재미있지 않은가? 매우 이성적일 것 같은 구매 결정에 있어서도 사람들은 예측 가능하게 비이성적인 행동 패턴을 보인다. 본인이 인식하지 못하는 사이에, 스스로의 비이성적인 패턴에 익숙해져 있는 것이다. 심리학은 이런 사람들의 마음의 지도를 읽는 방법을 알려준다.

04

마음의 탐험,
직관력에 대해서

거대한 규모의 성당에만 아름다움이 있는 것이 아니다. 작은 문의 장식 하나에도 정성을 쏟은 아름다움이 있다. 프랑스 파리는 왜 이렇게 아름답냐는 질문에 한 프랑스 사람이 이렇게 답했다. "프랑스 사람들은 불편한 것은 참아도, 아름답지 않은 건 못 참기 때문이죠." 우리는? 아름답지 않은 건 참아도 불편한 건 못 참는 걸까? 그래서 거리의 간판이 온통 뒤엉켜서 소리 지르는 것일까?

미국에서 사회심리학을 공부할 때 다니엘 카네만에 매료된 적이 있다.

그의 연구 중 하나.

무작위로 나눈 두 그룹의 사람들에게 각각 문제를 낸다.
한 팀에 나간 문제는 이렇다.
$1 \times 2 \times 3 \times 4 \times 5 \times 6 \times 7 \times 8 \times 9 \times 10 = ?$
그리고 다른 팀에 낸 문제는 이렇다.
$10 \times 9 \times 8 \times 7 \times 6 \times 5 \times 4 \times 3 \times 2 \times 1 = ?$

계산을 할 시간은 주지 않고, 10초 만에 답을 예측해보라고 했다. 사실 두 문제의 답은 똑같다. 하나는 1부터 10까지, 다른 하나는 10부터 1까지, 순서만 바꿨을 뿐이다. 그런데 두 팀이 예측한 답은 큰 차이를 보였다. 1부터 10까지 순서를 받은 사람들은 아주 작은 숫자를 답으로 예측했다. 10부터 1까지를 받은 사람들은 아주 큰 숫자를 답으로 예측했다.
우리는 깊은 생각을 하지 않고 많은 것을 결정한다. '인지적 지름길 (cognitive shortcut)' 이라고 해서, 많은 생각을 하기 귀찮을 때 그냥 직관적으로 인식되는 대로 결정을 내린다. 그래서 똑똑한 사람들이 모여도 이상한 결정이 나올 때가 있다.

또 다른 문제 하나.

영어 단어 중에서 알파벳 'r'이 첫 번째 자리에 나오는 단어가 많을까, 아니면 알파벳 세 번째 자리에 나오는 단어가 더 많을까? red는 r이 첫 번째 자리에 나오는 단어고, car는 r이 세 번째 자리에 나오는 단어다. 이렇게 물어보면 대부분의 사람들은 r이 첫 번째 자리에 나오는 단어가 더 많다고 대답한다. 왜? 그런 단어를 생각해내기가 쉽기 때문이다. r이 세 번째 자리에 나오는 단어를 생각해내기는 그렇게 쉽지 않다.

실제로 영어사전을 다 조사해보면 r이 세 번째 자리에 나오는 단어가 훨씬 많다. 그렇지만 우리는 얼핏 생각해낼 수 있는 몇 개의 정보에 의거해 결정을 내리게 된다. 이게 정보의 'availability' 혹은 'retrievability'의 문제다.

사람의 이런 심리를 다니엘 카네만이 탐구했다. 이 외에도 그는 우리가 모르던 우리의 마음을 탐험했다.

05

인지 부조화와
바보의 벽

밀라노의 광장에서 비둘기와 장난치고 있는 아이들을 한동안 지켜보았다. 예전에 어른들이 그랬다. 아이들 크는 걸 보면 세월 가는 걸 알 수 있다고⋯⋯. 아이들은 빨리 자란다. 특히 남의 집 아이들은⋯

미국에서 사회심리학을 공부할 때 매료되었던 이론이 하나 있다. 바로 '인지부조화 이론' 인데, 사람의 인식이 부조화 상태에 놓였을 때를 분석한다. 인지부조화 현상은 1950년대에 있던 한 사이비 종교집단을 통해 관찰되었다. 이 사이비 종교집단의 신도들은 지구가 곧 멸망할 것이라는 교주의 예언에 집도 팔고 직장도 그만두고 돈도 다 써버린 후 지구 멸망의 날만 기다리고 있었다. 멸망의 날에 우주선이 와 구해준다고 믿었다. 드디어 예언된 날이 왔지만 지구는 멸망하지 않았고 우주선도 나타나지 않았다.

어리둥절해 있는 신도들에게 사교집단의 교주가 외계인이 신도들의 신앙을 테스트해본 것이라고 둘러댔다. 일단 기본 테스트를 통과했으니 진짜 구원의 날은 며칠 뒤에 올 것이라고 말을 바꿨다. 며칠이 지나 예정된 멸망의 날이 왔지만 역시 아무 일도 일어나지 않았다. 교주는 다시 말했다. 당신들의 믿음이 지구 전체를 구원했노라고…….

이쯤 되면 사기라고 볼 만한데, 신도들의 행동은 달랐다. 사교에 대한 믿음이 더 강해져 포교활동에 더욱 매진하더라는 것이다. 왜? 이미 모든 것을 바친 후였기에 자신들의 인식에 부조화가 일어나도 행동을 바꿀 수 없었던 것이다. 자신의 실수를 인정하기에는 고통이 너무 컸다.

인지부조화 현상은 생활 속에서도 자주 일어난다. 자동차를 산 사람에게는 길에 다니는 자동차만 보인다. 자신이 차를 제대로 잘 샀는지, 다른 차와 비교하면서 끊임없이 정보를 살피게 된다. 그리고 되도록 긍정적인 정보에만 마음이 끌리게 된다. 잘못된 결정을 내렸다는 결론을 피하고 싶은 것이다. 인지부조화를 줄이고 싶은 본능이다. 무의식적으로 정보에 대해서 선택적인 노출이 일어나고, 선택적으로 기억하는 현상도 나타난다. 그래도 인지적 부조화가 줄어들지 않으면 스스로 합리화하면서 정당화시킬 만한 이유를 찾아낸다.

밀라노의 패션 거리 몬테 나폴레오네는
조그마한 식당과 카페들도 많다. 이런
카페에 들어가서 와인 한 잔을 마시며
한동안 앉아 있는 걸 좋아한다

그래서 마케팅에서도 한번 구매가
끝났다고 거래마저 끝내면 효과가
떨어진다. 구매자의 후회를 줄여줄
수 있는 정보를 최대한 많이 제공해
인지부조화 현상을 줄여주어야 한
다. 소비자는 구매 후에도 잘 샀다는
확인을 하고 싶어하기 때문이다. 판
매라는 것은 상품을 매개로 한 소비
자 마음과의 커뮤니케이션이다. 그
래서 판매자는 구매 전이나 구매 후
에도 소비자의 마음을 잡으려 한다.

공적인 영역에서 이 인지부조화 문
제는 더 중요하다. 최근 여러 가지 사
회 문제에서도 나타난다. 한번 결정
내린 일에 대해 인지적 부조화가 나

타나면, 잘못을 인정하기보다는 되도록 자신의 결정을 합리화하는 쪽으로 몰아가기도 한다. 내가 한 결정이니까 옳은 결정일 수밖에 없다는 믿음은 옆을 돌아보지 않게 만든다. 그리고 대화를 통한 의견수렴의 길을 막는다. 그래서 의사소통에 단절이 오고 잘못된 결정을 밀고 나간다. 인지적 부조화를 인정하고, 잘못된 판단에 대해 태도나 행동을 바꾸어서 부조화를 줄여 나가려는 노력은 공적인 영역일수록 더 필요하다.

일본에서 '바보의 벽 신드롬'이 열풍처럼 번진 적이 있다. 사람들은 자신이 알고 싶지 않은 것에 대해 스스로 정보를 차단한다. 그리고 알고 싶은 것만을 바라보려 한다. 그래서 얘기를 해도 안 통하는 경우가 생긴다. '바보의 벽'이 인식과 이해를 가로막기 때문이다. 좋은 메시지나 아이디어도 그 벽에 부딪히면 들어올 수가 없다.

사람의 마음이란 참 미묘하다. 알면 알수록 신기한 것이 사람의 심리다. 우리 속에 인지부조화는 얼마나 되는가? 인지부조화가 있을 때 자신의 실수를 인정할 용기는 있는가? '바보의 벽' 속에 스스로를 가두는 일은 없는지 생각해볼 일이다.

06

고개만 돌리면
기슭이 바로 저기인데

"가끔 라디오에서 좋은 노래가 나올 때가 있어. 노래를 듣고 나선 들은 것만
으로 행복해지기도 해. 만약 평생 듣고 싶은 노래가 있다면, 넌 그런 노래일
거야" 영화 「유 콜 잇 러브」에 나오는 대사가 사이판의 바다를 보며 떠올랐다

사람의 마음은 참 오묘하다. 마음을 잘 가다듬으면 어려운 상황 속에서도 평정을 얻을 수 있지만, 아무것도 아닌 일을 가지고도 마음의 지옥을 겪기도 한다. 그래서 마음은 괴물이다. '고개만 돌리면 기슭이 바로 저기인데…' 하는 구절은 그런 마음의 오묘함을 말해준다. 자신이 물에 빠졌다고 생각했는데, 실제로 고개만 다른 방향으로 돌리면 기슭이 바로 저기에 있다는 뜻이다. 주변 상황을 바꿀 수 없으면 마음을 바꿔야 한다. 자신의 마음에 따라서 개인적인 행복과 불행의 비율은 바뀔 수 있다.

어떤 사안에 대한 사람의 의견도 마음의 지배를 많이 받는다. 의견은 이성적인 사고의 산물이라야 마땅함에도 불구하고, 의견에는 심리적인 감정의 상태가 많이 반영된다. 내 의견 속에 내 생각이 몇 퍼센트나 들어 있을까? 나의 의견이라고 생각하지만, 실제로는 그 속에 다른 사람들의 의견이 많이 들어가 있다. 주변 사람들의 말에서 오는 영향도 있고, 그 사람들이 나를 어떻게 생각할까를 염두에 둔 부분도 있다. 신문이나 방송에서 들은 이야기에 기초한 부분도 상당히 많다. 신문인지 방송인지, 신문이라면 어떤 신문을 보았는지에 따라서 내 의견에 미치는 영향도 달라질 수 있는 것이다.

어떤 심리학자가 이런 실험을 했다. 10센티미터 정도의 선을 기준선으로 보여주었다. 그러고 나서 5센티미터, 10센티미터, 15센티미터의 선 세 개를 같이 보여주면서 기준선과 같은 길이의 선은 어떤 것이냐고 물었다. 정답은 당연히 두 번째 10센티미터의 선이다. 너무나 명명백백한 답이다. 그런데 그 실험의 세팅이 재미있다. 사람 열 명을 모아놓고 차례로 그 질문을 했다. 열 명 중에서 아홉 명은 심리학자의 조교였다. 아홉 명은 심리학자의 사전 지시에 따라서 첫 번째 5센티미터 선을 정답으로 꼽았다. 이때 당신이 열 번째로 대답을 해야 한다면 어떻게 대답할 것인가? 다른 아홉 사람의 의견처럼 5센티미터 선을 꼽을 것인가? 아니면 9 대 1의 현저한 차이에 개의치 않고 10센티미터 선을 택할 것인가?

실험 결과는 놀라웠다. 꽤 많은 사람들이 다른 아홉 명의 의견에 따랐다는 것이다. '다수의 독재'라는 현상이다. 여론 형성 과정에서 나타날 수 있는 오류의 한 예다. 이렇게 명백하게 답이 있는 질문에 대해서도 사람들은 다른 사람의 의견에 영향을 받는다. 모호하고 정답이 명확하지 않은 사회적인 사안에 대해서는 더 많은 영향을 받을 수 있다. 이 실험은 일회성으로, 한번 보고 나면 다시 볼 일이 없는 낯선 사람들 속에서 이루어졌다. 그런데도 낯선 사람들 속에서조차 소외되고 싶지 않다는 인간의 본성이 이런 결과를 가져왔다. 그렇다면 매일 얼굴을 맞대고 살아가야 하는 직장에서, 더구나 생존이냐 탈락이냐를 판가름 짓는 삶의 터전에서는 오죽하랴. 사람의 의견은 다른 여러 상황의 영향을 받게 되어 있다.

07

남들도
내 의견과 같다

사람들은 자신의 의견을 일반적으로 통용되는 사회가치로 간주하는 성향이 있다. 말하자면 남들도 내 의견과 같을 것이라는 일반화 과정이다. 이는 사회심리학에서 전통적인 이론의 하나로, 많은 연구에서 이 성향이 입증되었다. 의견이나 태도뿐만 아니라 특이한 행동까지도 사회에서 상대적으로 빈번한 현상으로 간주하기도 한다.

예를 들어 한 연구에서 학생들에게 "커닝을 한 적이 있습니까?" 하고 물었다. 그리고 "이 대학의 학생들 중에서 몇 퍼센트가 커닝을 한 경험이 있다고 생각합니까?"라는 질문을 덧붙였다. 결과를 분석한 결과, 커닝을 한 경험이 있는 학생들은 커닝 경험이 없는 학생들에 비해서 자신의 행동을 더 보편적인 것으로 평가했다. 말하자면 같은 대학의 학생들 중에서 커닝을 한 경험이 있는 학생들이 무척 많을 것이라는 평가를 내린 것이다. "나만 커닝하는 건 아니다"라는 자기 보호적 방어기제의 발동으로 보인다.

신문 방송을 보면, 우리나라에서 검찰에 뇌물증여 또는 수뢰 혐의로 소환된 많은 정치가, 기업인들이 종종 "나만 뇌물을 받았나?" 하는 태도를 보인다. "뇌물 안 주고 기업하는 사람이 어디 있나?"라고 운운하는 것도 바로 이런 현상의 예다. 실제로 뇌물 없이 사업을 꾸려가기 힘든 현실이라고 하더라도, 자신이 뇌물 먹이사슬의 일부분일 때는 뇌물의 존재를 더 보편적인 것으로 인식하기가 쉽다.

또 다른 예는 '애인 신드롬'에서 찾을 수 있다. 어느 방송 프로그램에선가 시청자들이 나와서, 기혼남녀의 애정문제에 대해서 이야기하는 걸 본 적이 있다. 그때 40대 중반의, 주부라고 보기에는 요란한 차림새의 한 여성이 내뱉은 말이 퍽 기억에 남는다.

베이징의 만리장성. 만리장성은 우주에서 사진을 찍어도 나온다는 말이 있지만, 그건 사실이 아니다

"요새 애인 없는 사람 있으면 나와 보라고 그래요."

개인적으로 아는 사람이 아니니 확실하게 단정 지을 수는 없지만, 아마 그 여성은 '애인'이 있을 것이라는 생각과 함께 자신의 태도와 행동을 사회적으로 보편화하고 있다는 생각이 들었다. 그리고 머리에 떠오른 것이 바로 "남들도 내 의견과 같다"는 '일치의 오류(False consensus effect)'였다. 자기 보호를 위해서 타인의 행동양식이나 태도까지 자신과 동일하게 여기는 이런 현상은 실생활에서 많이 볼 수 있다.

사회심리학자 로스는 이 현상의 원인을 두 가지로 분석한다. 하나는 의도적인 현상이고 다른 하나는 무의식적인 것이다. 의도적인 이유에서 자신의 행동을 보편화시키는 것은 스스로를 '정상인'의 범주에 넣으려는 방어기제 때문이다. 나는 별난 사람이 아니라는 자기 확인이 필요해서다.

'나만 커닝을 하는 것이 아니라 모두들 커닝을 한다'
'나만 뇌물을 받았나?'
'요새 세상에 결혼했어도 애인 하나 없는 사람이 어디 있어?'

이런 자기 보편화 현상은 의도적인 이유에서 비롯된다. 스스로를 '별종'으로 만들지 않음으로써 심리적인 안정감을 얻으려는 노력이다. 사회에서 부정적인 평가를 받을 만한 행동이나 태도에 대해서 종종 나타나는 현상이다. 자신의 행동을 보편화시킴으로써 자신의 이미지를 더 긍정적으로 받아들이게 되고 사회적인 인정을 받으려는 의도가 포함된다.

무의식적으로 자신을 보편화시키는 현상은 '선택적 노출(Selective exposure)' 때문에 일어난다. 자신의 행동이나 태도, 가치관에 부합되는 메시지만 자주 눈에 띄는 현상이다. 의식적으로 자신을 보호하려는 의도는 없더라도, 어떻게 하다 보니 주위에서 자주 특정한 현상을 많이 보게 되어서 나타난다.

위의 예를 다시 들자면, 주위에 커닝하는 친구가 많다거나, 뇌물이 일상화되었다거나, 애인을 가진 기혼 친구가 많다든가 하는 상황에서 비롯된다.

이렇게 선택적으로 자신의 태도와 일치하는 케이스에 노출된 후에는 그런 케이스를 선택적으로 받아들이고(Selective perception) 기억하게(Selective retention) 된다. 그래서 남들의 의견도 자신과 같다는 잘못된 일치감을 가지게 되는 것이다.

앞서 거론한 '나를 통해서 남을 본다' 는 현상과 비슷한 부분이 많다. 차이점을 찾자면, 자아면경 이론(Looking Glass Perception)의 출발지점이 '나' 인 데 비해 일치의 오류(False Consensus Effect)의 출발지점은 '남의 의견' 이라는 점이다.

베이징의 자금성

고요히 앉아본 뒤에야
평상시의 마음이 경박했음을 알았네.

침묵을 지킨 뒤에야
지난날의 언어가 소란스러웠음을 알았네.

일을 돌아본 뒤에야
시간을 무의미하게 보냈음을 알았네.

문을 닫아건 뒤에야
앞서의 사귐이 지나쳤음을 알았네.

욕심을 줄인 뒤에야
이전의 잘못이 많았음을 알았네.

마음을 쏟은 뒤에야
평소에 마음씀이 각박했음을 알았네.

_ 중국 명나라 문인 진계유, 「뒤에야」

북경에서 본 제복의 경찰들. 그들의 표정 속에는 긴장감이 감돈다. 이런 표정이 있기에 중국 사람들이 파인애플 타르트리앤서도 흥기 그림을 그린 화가 웨민쥔이 나왔을 것이다

08

나는 남과 다르다,
무지 다르다

포도주가 있는 곳에 침묵은 없다.
포도주는 물속에 갇힌 햇빛이다

'나는 남과 다르다, 무척 다르다'는 생각을 '특이함의 오류(False Uniqueness effect)'라고 한다. 자신이 남들과 달리 독특한 존재라는 '착각'은 주로 능력이나 좋은 성품에 관련된 의견에서 찾아진다. 구세군의 냄비에 돈을 넣고 나서 자신이 남달리 너그러운 사람이라고 여기거나, 지금은 자신이 별볼일없는 말단 사원이지만 언젠가 자기 사업을 벌여서 크게 성공할 거라고 믿는다거나, 머리는 좋은데 노력을 안 해서 공부를 못한다는 등 자신의 지능을 과신하는 일이 다 여기에 속한다. 생활양식이나 태도에 있어서는 '일치의 오류(False consensus effect)'가 강하게 나타나고, 개인적인 능력이나 성격을 두고는 '특이함의 오류(False Uniqueness effect)'가 강하게 나타난다고 밝혀진 바도 있다. 또 재미있는 것은, 사회통념상 부정적인 평가를 받는 일에 대해서는 '일치의 오류(False consensus effect)'가 나타나고, 긍정적인 평가를 받는 일에는 '특이함의 오류(False Uniqueness effect)'가 나타난다는 점이다.

커닝을 하거나 뇌물을 받을 때는 "남들도 다 그러는데 뭘" 하는 자기 방어기제로 다른 사람들의 커닝 횟수나 뇌물수수 횟수를 과대평가한다. 그리고 좋은 일에 대해서는 자신만의 고유한 능력이나 성품으로 간주하는 성향이 나타난다. 별로 좋지 않은 일을 할 때에도 자신은 "어쩌다 보니 할 수 없이 이런 상황에 처했다"고 정당화한다. 남들이 지각을 하면 본래 게을러서고 내가 지각을 하면 차가 밀려서 어쩔 수 없었기 때문이라는 식이다. "남이 하면 스캔들, 내가 하면 로맨스"라는 식이다. '특이함의 오류(False Uniqueness effect)'라고 하는 이론적 설명은 없지만 우리가 일상생활에서 자신의 행동을 남달리 독특한 것으로 보는 많은 예들이 생생하게 지적되어 있다.

남이 일찍 일어나지 못하는 것은 천성이 게을러서고,

내가 일찍 일어나지 못하는 것은 전날 과로를 해서다.

별다른 취미가 없는 그는 개성이 없기 때문이고,

별다른 취미가 없는 나는 다방면에 재능이 있기 때문이다.

남이 하는 거짓말은 습관적인 것이고,

내가 하는 거짓말은 어쩌다 하는 것이다.

남이 고스톱을 잘 치면 억세게 운이 좋아서이고,

내가 고스톱을 잘 치면 머리가 좋아서다.

남이 일기를 쓰지 않는 이유는 별생각 없이 살기 때문이고,

내가 일기를 쓰지 않는 이유는 생활이 너무 바쁘기 때문이다.

자신은 남달리 잘나고 독특하다는 '착각'은 일상생활에서 쉽게 찾을 수 있다. 한동안 굉장히 유행했던 '공주병'이나 '왕자병'도 이 '특이함의 오류(False Uniqueness effect)'의 좋은 예라 하겠다. 이런 '아전인수'격의 착각은 개인적인 차원에서만 끝나지 않고 여론에도 영향을 미친다. 여론조사에서 한 가지 사안을 놓고 '자신의 의견'과 '다른 사람들의 의견'을 구분해서 물으면 결과가 전혀 다르게 나온다. 한 조사에서 자신은 선진 시민답게 행동하는데, 다른 사람들은 선진 시민답지 않게 행동하지 않아서 우리나라가 선진국이 못 된다는 결과가 나오기도 했다. 이것이 바로 그런 예다.

09

나를 통해서 남을 본다

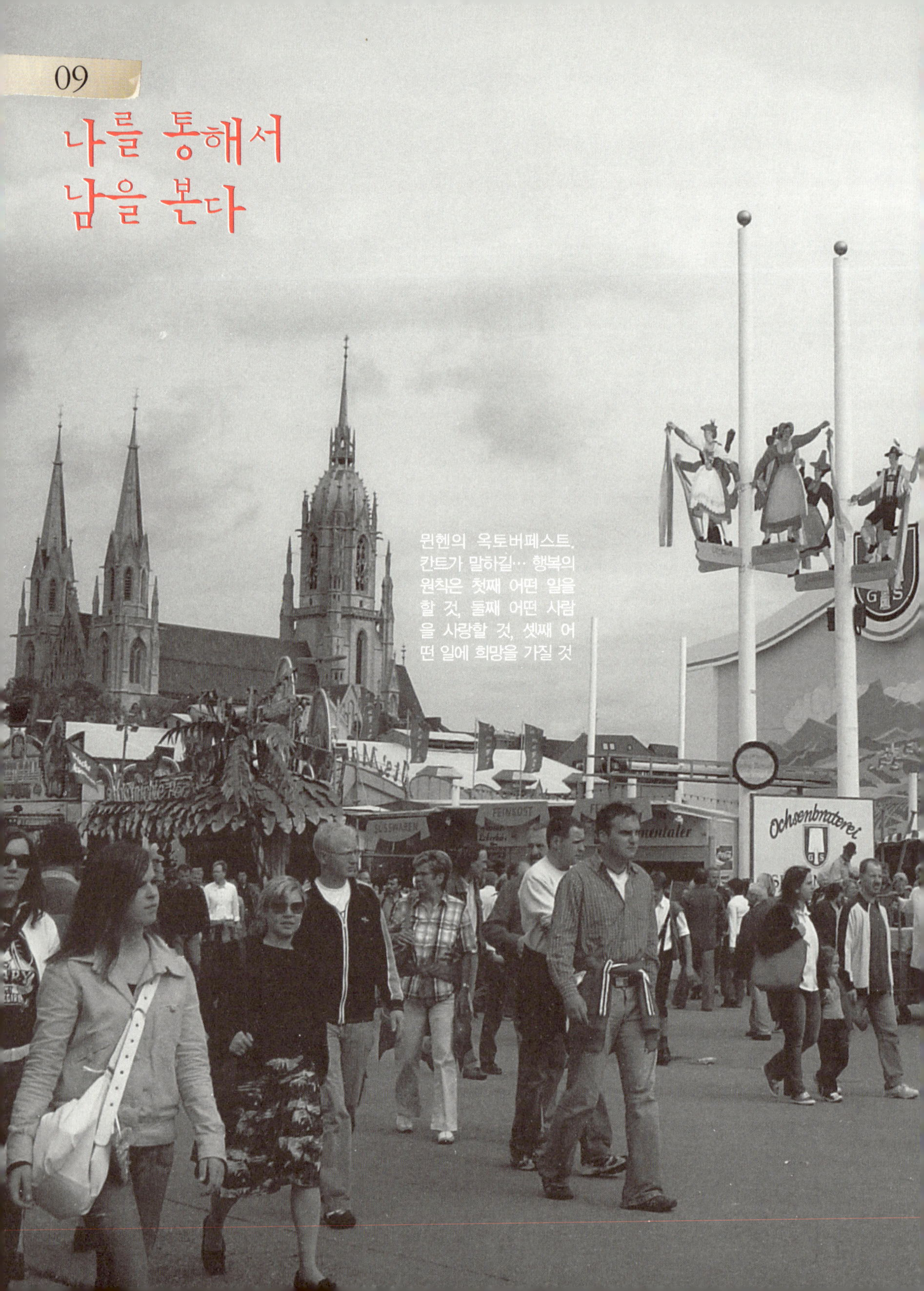

뮌헨의 옥토버페스트.
칸트가 말하길… 행복의 원칙은 첫째 어떤 일을 할 것, 둘째 어떤 사람을 사랑할 것, 셋째 어떤 일에 희망을 가질 것

나를 통해서 남을 보는 현상을 '자아면경 이론'이라고 한다. 다른 사람들도 자신과 같은 의견이나 태도를 가졌다고 믿는 현상이다. 예를 들어 보수적인 의견을 가진 사람들은 대부분의 다른 사람들도 자신처럼 보수적이라고 믿는 경향이 있다. 진보적인 성향의 사람은 또 다른 사람들의 진보적 성향을 상대적으로 과대평가한다.

이런 '보수적 편견'이나 '진보적 편견'은 자아면경 이론을 구축하는 데 결정적인 역할을 했다. 응답자의 보수-진보 성향을 묻고, 또 지역주민들의 보수-진보 성향을 물으면, 개인의 보수성향과 그 개인이 추측하는 지역주민들의 보수성향 사이에 큰 상관관계가 있음을 발견할 수 있다.

과거에 미국에서 인종차별주의에 대해 실시한 설문조사 결과를 보면 '나를 통해서 남을 보는 성향'이 잘 드러난다.

"당신이 살고 있는 이웃에 흑인이 이사를 온다면 어떻게 생각하시겠습니까?" 하는 질문에 대한 응답자의 의견을 듣는다. 그리고 "이웃의 다른 주민들은 이 문제를 어떻게 생각하겠습니까?"라고 묻는다. 그 결과 이웃에 흑인이 이사 오는 것을 반가워하지 않는 많은 응답자들은 이웃사람들의 의견도 자신과 같을 것이라고 추측했다. 사회적으로 바람직하지 않은 인종차별주의적 성향을 지닌 사람들은 남들도 자신과 같은 태도를 지녔다고 믿는 경향을 보인다.

자신의 의견에 따라서 이렇게 다른 사람들의 의견을 포함한 '여론'이 달라지기도 한다. 말하자면 '여론'은 자기정당화의 한 방편으로도 쓰이는 것이다. 이때 여론을 정확하게 짚고 있느냐 아니냐는 문제가 되지 않는다. 자신의 의견에 따라서 여론에 대한 인식도 달라지기 때문이다.

10

도박은 왜
중독성을 지닐까?

사람의 행동이 되풀이되는 데에는 심리적인 이유가 있다. 어떤 행동을 했을 때, 긍정적인 결과가 따르면 행동을 반복하게 된다. 여기에는 성취감과 같은 내재적인 보상도 있고, 경제적인 승격과 같은 외재적 보상도 있다. 어린아이들은 칭찬받았던 행동을 계속하고, 야단맞는 행동은 피하게 된다. 긍정적인 강화가 일어나지 않으면 행동도 반복하지 않는다.

라스베이거스의 호텔 안 카지노. 가는 호텔마다 카지노에 사람이 북적인다. 카지노에는 없는 것이 세 가지 있다. 시계, 거울, 창문. '시계'가 없으니 시간 가는 줄 모른다. '거울'이 없으니 자신이 도박에 빠져 얼마나 초췌해졌는지 모른다. '창문'이 없으니 밤인지 낮인지 모른다. 라스베이거스의 호텔방에는 특별히 산소를 많이 투입한다. 그래서 잠이 잘 오지 않고 머리가 맑아진다. 그래서 사람들이 방에서 잠자는 시간에 아래로 내려가서 더 많은 도박을 하게 된다 그런데 이런 강화 효과는 규칙적으로 늘 일어날 때보다 가끔씩 일어날 때 더 중독성이 있다. 조건 형성 과정에서, 행동이 일어날 때마다 강화가 일어나지 않고 특정 행동을 가끔 강화해주는 것을 '간헐 강화'라고 부른다. 띄엄띄엄 불규칙한 간격으로 강화가 일어나기 때문에 대상에 대해서 천천히 싫증이 나고, 중독성이 소거되는 데 오랜 시간이 걸린다. 보상이 불규칙하고 예측 불가능하게 주어질수록 강화 효과가 크다.

도박이 중독성이 있는 이유는 강화가 불규칙적으로 일어나고, 한 번 딸 때 얼마를 딸지 모르는 불확실성 때문이다. 이것을 심리학에서는 '변동 비율, 변동 간격'이라고 한다. 승리의 간격도 불규칙하고 승리의 수확도 불규칙하다. 언제 이길지, 얼마나 크게 이길지 늘 불확실하다. 그래서 도박이 가지는 중독성도 높아진다. 늘 똑같은 간격으로 일정한 결과만 온다면 금방 싫증나게 되어 있다. 그래서 중독성이 가장 강한 것이 도박이라고 한다. 그 다음으로 중독성이 높은 것이 고정 비율, 변동 간격이 강화된 낚시 등이다. 낚시를 할 때에는 고기가 언제 걸릴지 모른다. 변동 간격으로 고기가 걸리지만, 잡히는 것은 크건 작건 늘 고기 한 마리다. 고정적인 결과다. 그래도 언제 고기가 걸려서 낚싯대에 찌릿한 전류가 흐를지 모르기 때문에 매료된다.

사람이 일을 하는 데도 이런 원리가 적용된다. 고정적인 간격으로 늘 받는 월급보다 불규칙한 간격으로 받는 보너스가 더 높은 동기를 유발하게 마련이다. 아이들에게 집안일을 시킬 때도, 주급의 용돈보다 잘한 일에 대해서 보너스를 줄 때 더 열심히 일하게 된단다. 일정한 간격이 아니라 불규칙적으로 강화가 일어날 때 사람들은 더 매력을 느낀다. 불확실성에 대해서 더 열심히 반응한다. 도박에 빠지게 되는 것도 언제 올지 모르는 간헐 강화의 매력과 중독성 때문이다. 도박은 진행성 과정이라서 많이 잃어도 행동 조절이 잘 안 되고, 행동에 뒤

따르는 후유증에 신경을 쓰지 않는다는 특징이 있다.

키스타라는 학자는 도박을 심리적으로 세 시기로 분류한다. '따는 시기'에는 딴 것에 대해서만 기억하고 자랑한다. 잃은 경험은 무시하고 부정하면서 계속 돈을 딴다는 환상을 가지게 된다. 그 뒤에 '잃는 시기'가 와도 도박을 중단하는 것이 아니라 잃은 것을 되찾기 위해서 더 매진한다. 그러다 보면 마지막에 '절망 시기'가 온다. 이성적, 도덕적 판단을 망각하고 거짓말과 횡령까지 마다하지 않게 된다. 그러면서 이런 행동이 다음에 올 승리를 위한 대가라고 자기합리화를 하게 된다. 중독성은 간헐 강화의 특성에서 나온다. 다 불규칙성에 대한 매력 때문이리라.

도박과 마술이 함께 있다

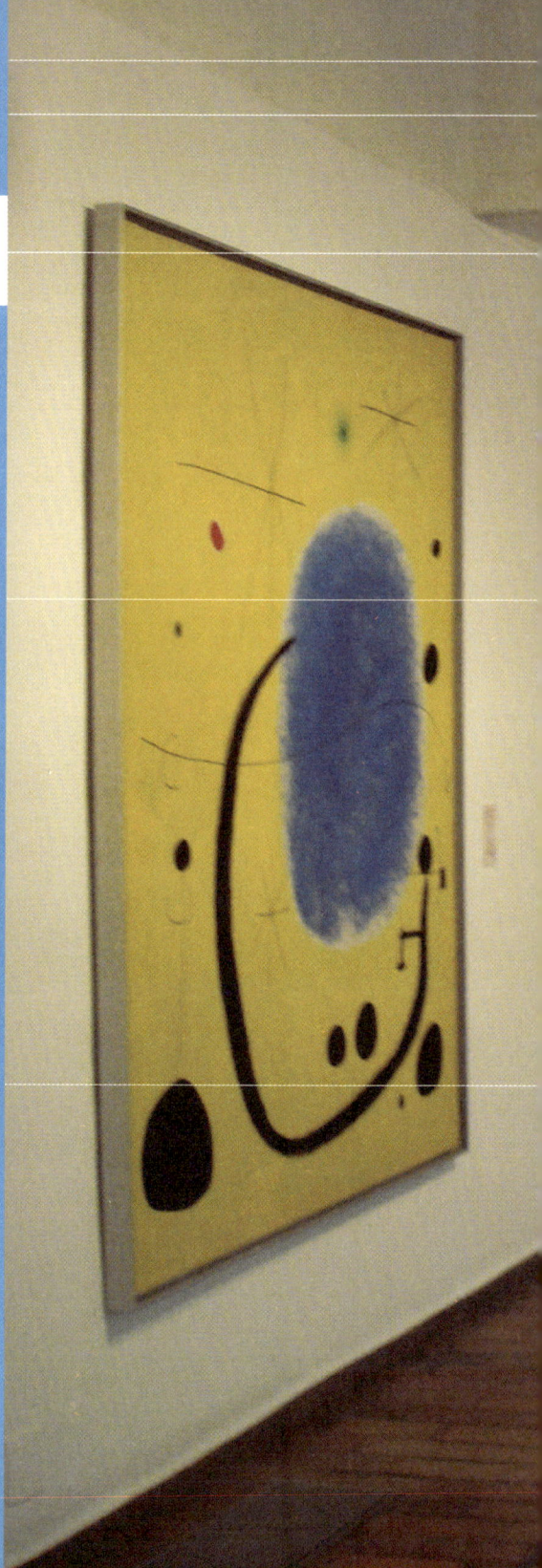

Part 6

가장 독특한
방식으로
말을 거는 아트

01

10-10-10의 법칙

테이트 모던 미술관의 카페

런던의 테이트 모던 미술관에 온 아이들, 창조적인 마인드는 많이 보는 데서 시작한다. 좋은 인풋(input) 없이 좋은 아웃풋(output)이 나오기 힘들다 하버드 대학의 심리학 교수인 하워드 가드너는 『열정과 질(Creating Minds)』에서 창조적 업적의 주기를 10년이라고 말한다. 창조자들은 10년 동안 완전히 그 분야의 기본을 터득하고, 다음 10년간은 그것을 창조적 혁신으로 창출해낸다. 또 다음 10년간은 다른 분야에서 창조적인 성과를 이루어낸다는 것이다. 이것이 '10-10-10'의 법칙이다. 창조적인 거장들은 한 분야에서 최소한 10년 이상을 집중적으로 투자했다.

가장 독특한 방식으로
대중에게 말을 걸다

MAD
ENTIST

SOME PRET
AND
SOME ELECTI

런던 테이트 모던 미술관의 현대미술 작품

RTISTS
HO DO
OOKS

ARTI
WHO M
"PIEC

예술가의 대중 매혹은 힘이 크다. 수많은 예술가 중에서 전 세계적으로 알려진 예술가가 된다는 건, 그냥 '예술을 한다'는 행위의 차원을 넘어서는 일이다. 그냥 예술을 하는 예술가는 많다. 주변에 보면 화가도 많다. 내가 아는 어느 화가 선생님은 이런 고백을 했다.

"나는 어렸을 때부터 데생을 너무나 잘했어요. 사실적으로 사물을 사진처럼 잘 그렸지요. 하지만 그것 가지고 성공한 화가가 될 수는 없어요. 지금은 데생을 사실적으로 잘하는 것 가지고는 유명한 화가가 못됩니다. 창의적인 아이디어가 있어야 하는데, 나는 그게 없어서 유명한 화가가 못되었어요."

이 말을 듣는 순간 나는 충격을 받았다. 너무 솔직한 고백이라서 충격이었다. 단순히 그림을 그리는 행위에서 나아가 이름 있는 화가가 된다는 건, 대중을 매혹하는 힘이 있을 때 가능하다. 유명세가 중요하지 않다고 말하는 건 글쎄… 가슴에 손을 얹어볼 일이다. 지금이야 그저 그림만 그리는 것으로 만족한다고 할 수도 있겠지만, 평생 다른 직업 없이 그림만 그리면서도 유명한 화가의 꿈을 갖지 않기란 쉽지 않다. 예술이 기술이 아닌 것은, 그 속의 영감이 대중을 매혹시키는 힘을 가지기 때문이다.

사실 따지고 보면 예술에서 많은 선구자들은 '아무도 해보지 않은 작업'을 처음으로 했기 때문에 신화적인 존재가 되었다. 화가 조지아 오키프의 커다란 꽃 그림도 그랬다. 그녀는 꽃을 엄청나게 크게, 자세하게 그렸다. 그녀 이전에도 꽃을 그린 화가는 셀 수 없을 정도로 많았다. 아니, 화가 치고 꽃을 안 그려본 화가가 없었다. 하지만 조지아 오키프처럼 꽃을 엄청나게 크게 그린 화가는 없었다. 꽃술 하나를 1미터가 넘게 그린 대작은 없었다. 조지아 오키프는 나름대로의 전략을 숨김없이 털어놓기도 했다.

"나는 꽃을 세계에서 제일 잘 그릴 자신은 없었다. 나보다 꽃을 훨씬 더 잘 그리는 화가는 수도 없이 많다. 그런 화가들과 꽃 잘 그리기 경쟁을 하는 건 의미가 없다. 그래서 나는 꽃을 엄청나게 크게 그리기로 했다. 꽃을 그렇게 큰 스케일로 자세히 그린 화가는 없었다."

그래서 그녀의 그림은 보는 사람들에게 충격을 준다. 한번 보면 잊을 수 없는 엄청난 크기의 꽃이다. 우리가 늘 보는 꽃에 대해서 다시 한 번 심각하게 생각하게 하는 그림이 오키프의 작품이다.

중국 화가 중에 웨민쥔이 있다. 그의 그림에는 박장대소하는 얼굴들이 나온다. 거의 광적인 웃음을 터뜨리고 있는 얼굴이다. 그 그림을 처음 본 순간, 눈을 떼지 못했다. 그림에서 눈을 떼지 못하게 하는 묘한 매력이 있었다. 웃고 있는 슬픈 얼굴… 그림 속에 그런 얼굴들이 있었다. 그림 속의 광적인 웃음은 생각을

빈 현대미술관에 설치된 작품

거부하는 냉소적인 의미를 나타내고 있다.

처음에 그가 이런 이미지를 그리게 된 것은, 미약해 보이는 자신이 한심해 보여서였다. 광적인 웃음을 통해서 생각을 할 수 없는 슬픈 상황을 그렸다. 웃고는 있지만 머리는 텅 비어 있다. 눈은 감고 있어서 눈앞의 상황을 대면하지 않고 있다. 광적인 웃음소리는 현실을 다 묻어버리는 것 같다. 웃고 있지만 슬픔, 공허, 분노 속에 있는 상태로 보인다. 그런 그림이다. 그런데 그가 그린 박장대소하는 얼굴은 그림 속에서 동일하게 반복되면서 큰 성공을 거두었다.

그래서 그는 세계 미술 시장에서 가장 인기 있는 작가가 되었다. 중국의 현실을 너무나 적나라하게 그리고 있다는 찬사를 받고 있다. 황당한 상황 속의 중국 사람들… 중국 사람들은 자연스러운 행복과 웃음이 무엇인지도 모른 채 국가로부터 행복을 강요받았다. 행복하지 않아도 행복한 척 웃어야 하는 공허한

빈 현대미술관에 설치된 작품

웃음을 그림으로 표현했다. 웨민쥔은 그런 상상력을 화폭에 펼쳤다.

쓸데없는 물건을 미술작품으로 바꾼 예술가도 있다. 스웨덴 출신의 미국 팝아티스트 클래스 올덴버그. 그는 빨래집게, 셔틀콕, 망치, 지우개, 옷핀, 체리 열매가 올려진 숟가락 등을 아주 크게 조각으로 만들었다. 그의 작품에는 만화 이미지가 바탕을 이룬다. 만화에서 자유자재로 사물이 변화하는 것처럼, 일상에서 쉽게 접하는 오브제를 확대하거나 과장함으로써 조각의 유쾌한 반란을 시도했다. 빨래집게 같은 일상용품을 크게 만든 조각에 대해서 팬들의 반응은 놀라웠다. 조각이 가지는 추상적인 표현주의의 모호함과 난해함 때문에 어려워하던 미술애호가들은 그의 심플하면서 강력한 메시지에 끌렸다. 여러 도시에서 그의 작품을 유치했다. 프랑크푸르트 도심에는 구겨진 채 세워진 '넥타이'가 있다. 쾰른의 한 빌딩에는 12미터 높이의 '아이스크림 콘'이 박혀 있다. 우리나라에는 청계광장 입구에 세워진 '스프링'이 그의 작품이다.

새로운 상상력으로 세계를 매혹한 작가의 대표로 데미안 허스트(Damien Hirst)가 있다. 신선한 매혹의 단계를 넘어서 충격적인 방식으로 전 세계를 사로잡았다. 데미안 허스트의 상상력은 거의 충격적이다. 그는 최고의 몸값을 자랑하는 현대미술 작가로, 발표하는 작품마다 센세이션을 불러일으킨다. 동물의 몸을 토막 내 폼알데하이드에 담그고, 살아 있는 나비를 캔버스에 붙이고, 수천 개의 알약을 유리장에 전시하고, 사람의 두개골을 백금으로 만든 뒤 8,601개의 다이아몬드로 장식하는 작품을 선보였다. 상어를 통째로 폼알데하이드가 담겨 있는 수족관에 넣은 작품은 「살아 있는 누군가의 마음속에 있는 죽음에 대한 물리적 가능성」이란 긴 제목으로 전시되었다. 그는 '바니타스(vanitas)', 즉 인생무상이란 주제를 충격적인 방법으로 표현한다. 이런 작품들이 미친 짓으로 평가받지 않고, 세계 최고의 작품이 된 것은 평범 속에서 비범을 찾아내는 능력 덕분이다. 데미안 허스트는 예술을 '콘셉트'로 보았다. 예술의 장인정신을 부인하고 어떤 콘셉트로 어떻게 만드느냐를 더 중요시했다. 그의 참신한 콘셉트 때문에 만드는 과정과 무관하게 그의 작품이 화두가 된다.

예술이란 결국 이야기를 하는 것이다. 예술을 통해서 이야기를 하는 방법은 매우 다양하고 많다. 가장 어려운 것은 자신이 어떤 이야기를 하고 싶은지 아는 것이다. 허스트는 그렇게 믿고 있기 때문에 가장 독특한 방식으로 대중에게 이야기를 걸면서 그들을 매혹한다. 자신 안에 있는 놀라운 이야기를 꺼낼 수 있는 것이 창조력이다.

03

건축은
들리지 않는 음악

스페인 비르셀로나의 가우디 공원. 모든 것이 곡선으로 이루어져 있고, 이름다운 천연색 타일로 덮인 공원이다. 심지어 반쳐도 다 구불구불한 곡선이다. 이 공원의 뒤편에서 음악을 연주하며 녹음하는 젊은이들이 있었다

건축은 우리가 직접 살고 있는 예술품이다. 예술의 경지에 이른 건축물도 있고, 그렇지 못한 건축물도 있다. 건축은 그 사회에 대해서 이야기한다. 그 자체가 말을 하는 것이다. 성냥갑처럼 똑같이 늘어선 서울의 아파트마저도 "우리는 아무것도 말할 것이 없다"고 말을 하고 있다.

건축가 다니엘 리브스킨트(Daniel Liebeskind)는 건축물의 성격에 대해서 이렇게 나눠서 설명한다. 건축물은 기억할 만한 것(Memorable)과 특별할 것 없는 것(Forgettable)으로 나뉜다. 기억에 남는 건축물이 있는가 하면, 봐도 기억에 남지 않는 건축물도 있다. 획기적인 것(Unexpected)과 상식적인 것(Habitual)이라고도 할 수 있다. 보통 기억할 만한 건축물은 상식을 깨는 측면을 보여준다. 습관적인 포맷으로 지어진 건축물은 잊기 쉬운 건축물이 되어버린다. 대담한 것(Daring) 대 안정적인 것(Safe)이라고도 할 수 있다. 덴버 아트 뮤지엄은 하늘을 향해 뾰족하게 뻗어 있는 넓은 건축방식이 특이하다. 혁신적인 것(Innovative) 대 정형화된 것(Formulaic) 또한 그가 말하는 건축물 분석이다.

세계 각국에서 많은 랜드마크 건축물을 지은 다니엘 리브스킨트는 그동안의 경험을 바탕으로 재미있는 패턴을 발견했다. 뮤지엄을 지어달라고 요청받았을 때 꼭 듣는 요구사항이 있다는 것이다. 바로 뮤지엄을 '상업적인 이윤 추구가 가능한 건물'로 만들어달라는 것이다. 그런가 하면, 쇼핑센터를 의뢰받았을 때 꼭 듣는 요구사항도 있다. 쇼핑센터지만 '예술적'으로 지어달라는 것이다. 뮤지엄은 쇼핑센터처럼, 쇼핑센터는 뮤지엄처럼 지어달라는 게 재미있다.

요즘은 건축물을 밖으로 오픈해서 짓는 게 추세다. 안과 밖의 경계를 확실히 해서 닫아버리기보다는 밖으로 오픈된 건축물이 인상에 많이 남는다. 그런 점에서 건축물은 열린 것(Open) 대 닫힌 것(Closed)으로 나뉜다.

건축물은 또한 권위적이기보다는 민주적이어야 한다. 다니엘 리브스킨트는 9·11 테러 사건의 현장인 월드 트레이드 센터 자리에 그라운드 제로(Ground Zero) 프로젝트를 진행하고 있다. 역사적인 그 현장의 지하에 뮤지엄을 지어서 '도시 안의 도시'를 만들고 있다. 9·11사건에 희생된 사람들과 가족들뿐만 아니라 모든 이들이 중요한 역사의 현장을 느낄 수 있는 프로젝트로 진행하고 있다. 그래서 그는 그라운드 제로가 월 스트리트가 아닌, 허드슨 강을 향하고 있어야 한다고 믿는다.

다니엘 리브스킨트는 1946년에 폴란드에서 태어났고, 1965년에 미국 시민이 되었다. 이 노 건축가는 소년 시절에 공산주의 국가에서 브롱크스로 이민을 왔다. 그는 가족과 함께 배로 뉴욕에 도착했던 순간을 잊지 못한다고 했다.

"엄마가 깨워서 새벽 4시 30분에 일어나 안갯속에 어슴푸레한 뉴욕의 풍경을 보았다. 영화 속의 뉴욕처럼 안갯속에서 자유의 여신상이 강력한 인상으로 다가왔다."

그래서 그에게 자유의 여신상은 과거의 상징일 뿐 아니라 긴박한 미래의 상징이다. 건축물은 물질의 산물만이 아니라 그 시대의 정신을 담고 있다. 그는 이스라엘과 뉴욕에서 음악 공부를 했고, 연주가의 길을 걷기도 했다. 음악과 건축, 동떨어진 것 같은 이 두 분야가 만나서 아름다움을 만든다. 그래서 그는 건축을 '들리지 않는 음악'이라고 말한다. 1970년에 뉴욕 건축공학 학위를 받고 드레스덴 전쟁박물관, 더블린 그랜드 캐널 퍼포밍 아트센터, Zolta 44 등 많은 건축물을 지었다. 뉴욕시 수석 기획 건축가인 그는 건축에 혼을 불어넣는 예술가다. 우리나라에서는 해운대 우동 아이파크를 지었고, 용산 개발을 맡고 있다.

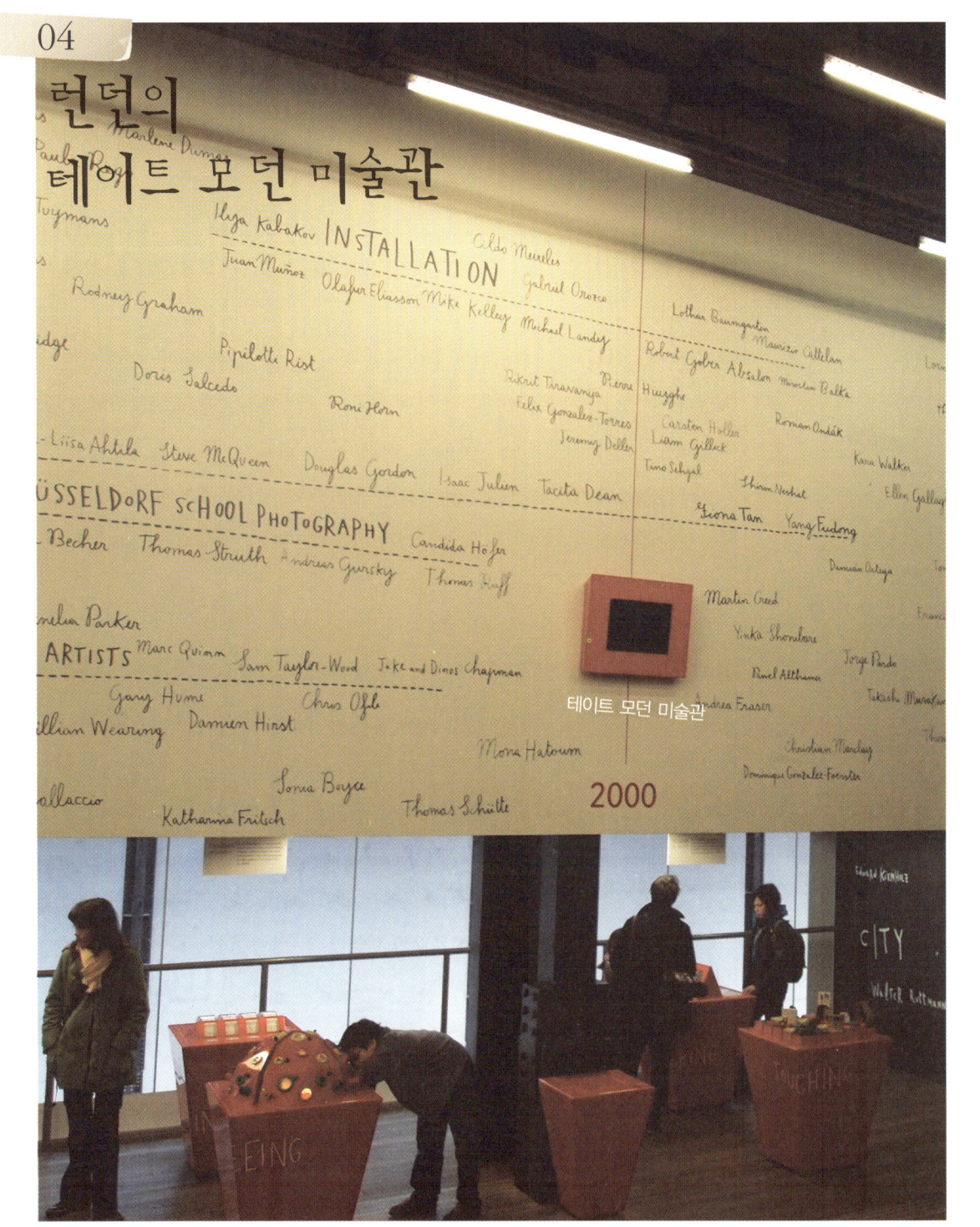

04

런던의
테이트 모던 미술관

테이트 모던 미술관

앤디 워홀의 방

런던의 테이트 모던 미술관에 갔다. 아이슬란드에 있는, 이름도 괴상해서 발음이 불가능한 화산이 폭발해서 하늘길이 막혔다가 겨우 뚫리고 나서였다. 런던 히드로 공항에 내리니 공항이 텅 비어 있다. 우리 비행기가 하늘길이 뚫린 후 처음 도착한 비행기라고 한다. 첫 비행기에 예약이 되어 있었다는 사실이 너무 놀랍고 행운이다. 그 전 비행기에 예약했으면 취소가 되었을 것이고, 그 이후 비행기에 예약했으면 스케줄이 안 되어서 런던에 못 갈 상황이었다. 화산이 폭발해서 발이 묶이긴 했지만, 런던에 제때 와서 보고 싶은 걸 다 보고 가니 '천운'이라는 표현이 과장이 아니다.

런던에 도착하자마자 가장 먼저 들른 곳이 테이트 모던이다. 어느 작가의 작품을 어떻게 전시하고 있는지 너무나 궁금해서였다. 테이트 모던은 원래 화력발전소였던 공간을 개조해서 미술관으로 만들었다. 영국이 가지고 있는 넘쳐나는 현대미술 컬렉션을 수용할 새로운 공간으로 2000년 5월에 개관했다. 20세기 대표적인 작가들의 작품이 다수이며, 그 가운데 데미안 허스트나 사라 루카스처럼 요즘 뜨는 영국의 젊은 작가들도 있다.

테이트 모던 미술관은 스위스 건축가인 자크 헤어초크와 피에르 드 뫼롱이 설계했다. 원래 화력발전소 건물만 해도, 건물에 동원된 벽돌이 420만 개가 넘으며, 중앙 굴뚝의 높이는 99미터나 된다. 테이트 모던에 들어가기 위해서는 런던의 블랙파이어(blackfire) 역에서 내려 조그마한 다리를 건너가야 한다. 그러나 블랙파이어 역이 보수를 위해서 2011년까지 문을 닫았기 때문에 템플(temple) 역에 내려서 택시를 타고 갔다.

테이트 모던 미술관의 전시는 주제별로 나눠져 있다. 그리고 각 층마다 중앙의 홀에는 높은 벽에 현대 미술의 연대기가 낙서하듯이 그려져 있다. 얼핏 보면 낙서고, 자세히 보면 소중한 역사책이다. 1960년대에서부터 2010년에 이르기까지 현대 미술에 어떤 변화가 일어났는지 자세히 써놓았다. 미술관에서 으레 볼 수 있는 딱딱한 안내문이 아니라, 연대기 자체가 하나의 작품 같다. 자유로운 생각에서는 자유로운 작품이 탄생한다. 미술관의 안내문이 꼭 활자체로 써 있어서 유리관 안에 들어 있으라는 법은 없다. 활자체가 꼭 정자체여야 한다는 법도 없다.

그곳에서 내가 좋아하는 작가들의 작품을 많이 만났다. 행복한 기분으로 전시실을 돌아다녔다. 미술관에서 보내는 한나절은 늘 즐겁다. 이런 작품을 만들어낼 수도 있구나, 이런 새로운 생각을 할 수도 있구나, 이런 풍경을 이렇게 표현할 수도 있구나, 하고 감탄하게 된다. 인간의 상상력과 아이디어에 놀라고 감탄하는 시간이다.

테이트 모던 미술관의 꼭대기에는 전망이 좋은 레스토랑과 카페가 있다. 템스 강변을 내려다보며 사람들이 모여 앉아 이야기를 나누기도 하고, 혼자 책을 보기도 한다. 혼자 있는 시간을 누릴 줄 아는 이들이라야 예술을 창조한다. 카페에서 커피를 한 잔 마시고 내려왔다.

나는 유럽의 미술관에 가면 꼭 그곳의 카페에 가본다. 미술관의 특성에 맞게 카페마다 분위기가 모두 다르다. 그 미술관에 꼭 매치되는 분위기의 카페들이라서 또 감탄하며 머물게 된다. 그래서 유럽에 가며 커피를 굉장히 많이 마시게 된다.

05

미로의 작품 속에서
흐르지 않는 시간

#1 문화관광부 모 고위직 공무원의 방

민간 오페라단의 대표들이 문화관광부 고위직 공무원의 방에 모여 있다. 민간 오페라단이 오페라 페스티벌을 여니까 정부에서 좀 지원해달라고 부탁을 하는 자리다. 오페라는 종합예술이다. 그래서 오페라를 하나 공연하려면 연출에서 출연자들, 오케스트라, 합창단, 무용단 등 자원이 필요한 부분이 너무나 많다. 지원이 필요하다. 그래서 부탁을 하고 있었다. 그때 관리가 갑자기 물었다.

"오케스트라나 합창단이나 같은 거 아닙니까?"

순간 그 자리에 있던 사람들은 모두 아연실색했다. 누군가가 "그건 아니고…" 하며 나서자, 옆에 앉아 있던 대장격인 사람이 얼른 만류하면서 말을 받았다.

"네, 그게 크게 보면 맥락은 같은 겁니다. 그런데, 쪼끔은 달라요."

정부 지원을 받으려고 온 마당에, 상대방을 무안하게 만들 수는 없었다. 오케스트라와 합창단이 뭐가 다른지도 모르는 사람이 문화관광부 고위직에 있다니, 모두들 놀랐지만 그의 체면을 깎을 수는 없었다. 다음부터 그 공무원의 별명은 '합창 오케스트라'가 되었다.

'생각 중지' 훈련이라는 게 있다. 사람들 중에는 '생각 중독'에 걸린 사람이 의외로 많다. 생각 중독은 생각하기 싫거나 생각하지 않으려 해도 자꾸만 생각이 나는 상태를 말한다. 생각 중지 훈련을 하려면 처음에는 집이나 직장이 아닌 제3의 장소를 찾아가는 것이 좋다고 한다. 무념무상(無念無想)에 빠질 수 있는 것도 훈련이 필요하다

FUNDACIÓ JOAN MIRÓ

바르셀로나에서 미로의 작품이 모여 있는 미술관을 방문할 수 있었던 건 정말 기
쁜 일이었다. 미로의 작품으로 가득 찬 미술관 안을 돌아다니며 흐르는 듯 흐르지
않는 시간을 보냈다. 상상력 가득한 천재는 오래도록 후세의 눈을 뿌듯하게 한다

#2 모 구청의 구청장실

구청 전체를 미술관으로 만드는 시도를 한 구청장. 구청 전체 복도에 화가들의 작품을 사거나 렌트해서 전시했다. 그리고 몇 명의 CEO를 초청했다. 구청장 실에 들어온 사람들이 자리에 앉았다. 그중 한 사람이 벽에 걸려 있는 호안 미 로(Joan Miro)의 작품을 보더니 이렇게 말했다.

"와, 저 그림도 구청장님이 그리신 겁니까?"

순간 방안에는 정적이 감돌았다. 점잖은 체면에 서로 무안하게 만들 수는 없는 상황. 침묵을 깨고 구청장이 대답했다.

"저 그림을 제가 그렸으면 얼마나 좋겠습니까?"

#3 미술관

유명 화가의 작품이 전시되어 있다. 전시장에서 어느 사모님이 그림을 가리키 며 물었다.

"저 그림은 평당 얼마예요?"

06

빈이 낳은 브뤼겔,
클림트, 에곤 실레

빈 미술사박물관에 있는 브뤼겔의 그림. 당시에 거의 모든 화가들이 성서 속의 이야기를 성화로
그릴 때, 브뤼겔은 인간의 평범한 일상을 그렸다. 살아 숨 쉬는 인간이 그의 그림 속에 있다

나는 브뤼겔의 그림이 좋다. 당시에 화가들이 모두 성경 속의 인물들을 그리는 성화에 빠져 있을 때, 브뤼겔은 인간을 그렸다. 거리에 오가는 수많은 인간들의 군상, 시장터에서 축제를 즐기는 인간들의 모습, 사냥을 하고 동네 주점에서 술을 마시는 살아 있는 사람들의 모습을 생생하게 그려냈다. 그래서 그의 그림에는 사람이 살아 있다. 당시로써는 획기적인 화가였다. 하늘나라와 성경의 풍경 대신 인간의 현장을 그리다니……. 그건 거의 반역에 가까운 행위였다. 하지만 그의 그림은 그런 새로운 시도 때문에 사랑받았다.

현실에는 힘이 있다. 슬픈 현실에도 힘이 있다. 때로는 슬픔도 힘이 된다. 그래서 그 현실을 생생하게 그려낸 화가 브뤼겔을 나는 좋아한다. 빈의 미술사 박물관(Kunsthistorische museum)에서 브뤼겔의 방을 제일 좋아한다. 이번에도 그 방에 가서 한 시간 정도 앉아 있었다. 브뤼겔의 그림에는 가슴을 뛰게 하는 요소가 있다. 그의 그림을 보고 앉아 있노라면 세상의 소음이 다 사라지는 느낌이 든다. 생생한 세상을 보여주는 그림 앞에서, 세상의 소음이 다 사라지는 듯한 느낌이 든다는 건 신기한 일이다.

그의 그림은 성화의 극적인 요소를 버리고 사실적으로 농민의 실상을 묘사했다. 일상 속에서 소박하게 살아가는 농민을 예리한 눈으로 관찰하면서 묘사했다. 그의 작품들은 북유럽 전통의 사실성과 이탈리아의 엄격한 묘사를 통해서 독특한 스타일을 만들어냈다. 빈 미술사 박물관에는 「사육제와 사순절 사이의 다툼」「아이들의 유희」「바벨탑」「농민의 춤」「농가의 혼례」 등이 있다.

일요일 아침, 미술관에 와서 어린 딸에게 브뤼겔의 그림에 대해 설명해주는 아빠가 보였다. 어린아이는 아빠의 말을 알아듣는지 모르는지 끊임없이 장난만 쳤지만, 아빠는 끊임없이 딸에게 그림에 대해서 이야기해주었다.

빈의 벨베데레 궁전. 이곳에 구스타프 클림트와 에곤 실레의 작품들이 가장 많다. 클림트의 황금빛 그림 「키스」 앞에서는 발을 뗄 수가 없었다. 나는 이 궁전에 세 번 갔다. 그리고 갈 때마다 클림트의 작품 속에서 행복해졌다

클림트는 동양적인 장식양식을 추상적으로 표현했다. 템페라, 금은 박, 수채 등 다양한 재료를 써서 다채롭고 독창적인 기법을 구사했다. 클림트의 작품 중에는 「키스」가 가장 유명하다. 이 작품이 사람들을 사로잡은 이유는 단순히 키스를 주제로 했기 때문이 아니라, 그 감정의 밀도를 실감나게 표현했기 때문이다.

클림트의 「키스」는 화려한 색채와 선으로 환상적인 남녀의 모습을 묘사한다. 한 쌍의 연인이 꽃으로 덮인 벼랑 위에서 껴안고 있다. 남자가 여자의 뺨에 입맞춤을 하고 여자는 달콤함에 취해 있다. 황홀경 속에서 죽음에 이를 만큼 짜릿한 극치를 느끼고 싶은 듯한 표정이다.

클림트의 전시회가 우리나라에서 열렸다. 가서 보았지만, 실망이었다. 정작 클림트의 가장 중요한 작품들은 LCD 화면으로 보여주고 있었기 때문이었다. 클림트의 「키스」는 아직까지 오스트리아를 떠나본 적이 없다.

오직 오스트리아의 벨베데레 궁전에서만 「키스」를 볼 수 있다. 나는 벨베데레 궁전에 세 번 정도 갈 기회가 있었다. 갈 때마다 클림트의 작품 앞에서 가슴이 뛰었다.

벨베데레 궁전은 오스트리아 바로크 양식의 대표적인 건축물로, 오스트리아를 침략한 투르크 군대를 무찌른 영웅 오이겐 공의 여름 별궁이었다. 중앙의 프랑스풍 정원을 중심으로 상궁과 하궁으로 나뉘어 있는데, 클림트의 「키스」는 상궁에 보관 중이다.

전쟁과 침략 속에서도 클림트의 작품이 잘 보존되어 있는 것은, 클림트의 작품을 좋아했던 히틀러 덕분이라고 한다.

 LEOPOLD
MUSEUM

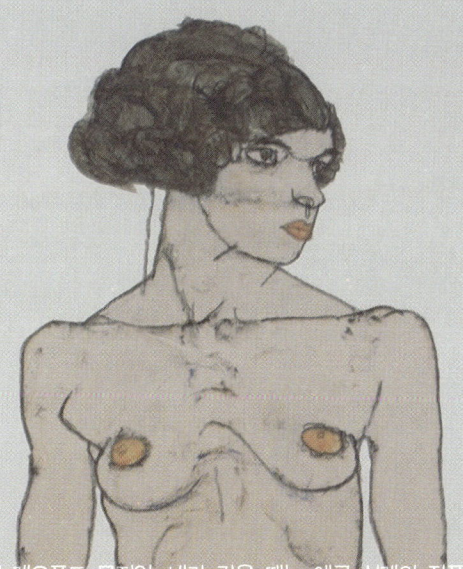

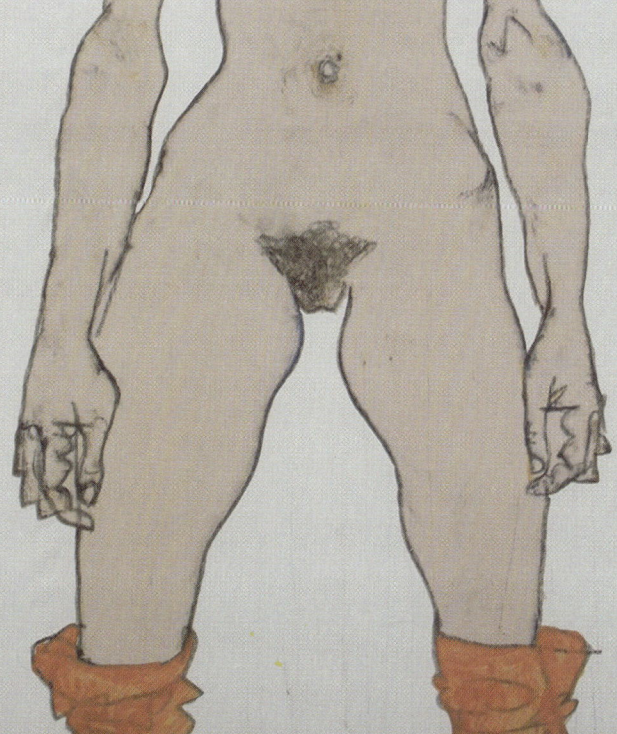

빈의 레오폴드 뮤지엄. 내가 갔을 때는 에곤 실레의 작품들을
집중적으로 전시하고 있었다. 그의 그림은 음울하지만 아름답다

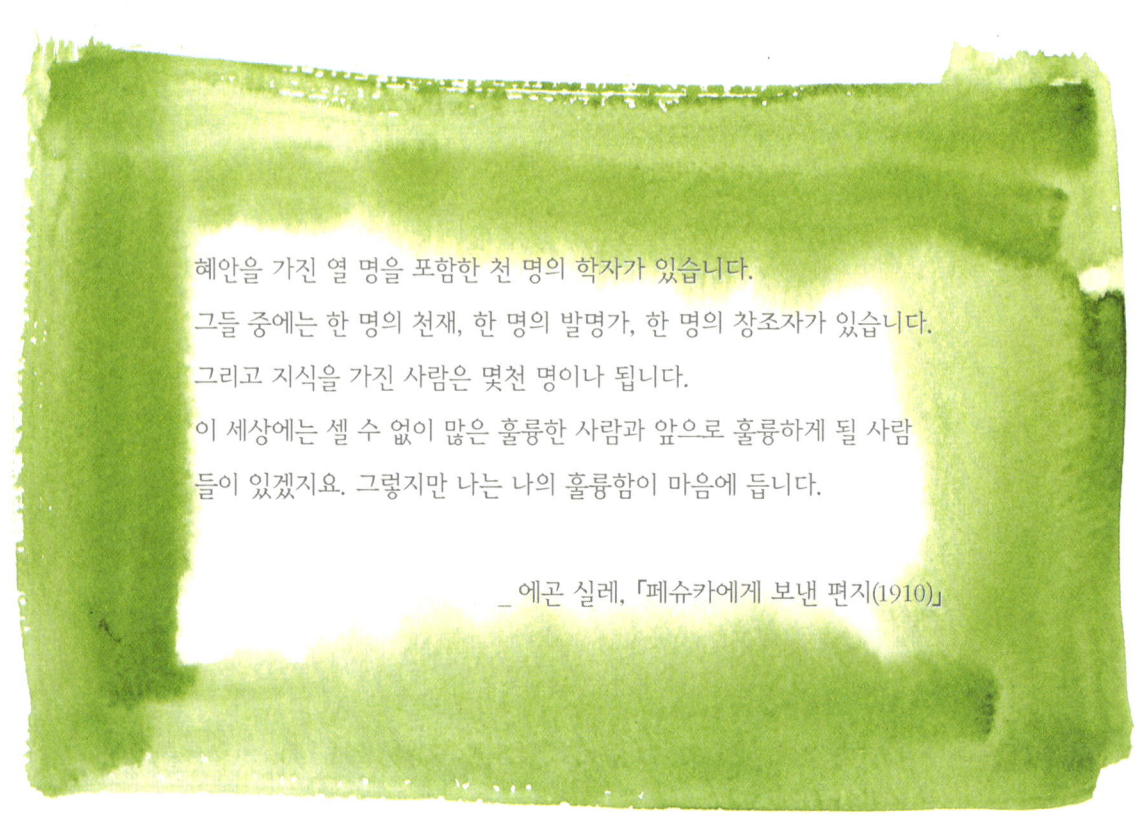

혜안을 가진 열 명을 포함한 천 명의 학자가 있습니다.

그들 중에는 한 명의 천재, 한 명의 발명가, 한 명의 창조자가 있습니다.

그리고 지식을 가진 사람은 몇천 명이나 됩니다.

이 세상에는 셀 수 없이 많은 훌륭한 사람과 앞으로 훌륭하게 될 사람

들이 있겠지요. 그렇지만 나는 나의 훌륭함이 마음에 듭니다.

_ 에곤 실레, 「페슈카에게 보낸 편지(1910)」

빈의 현대미술관. 「TV의 역사」를 전시회
로 보여주고 있었다. 지루하리라 생각한
역사 전시를 역동적이면서도 예술적으로
보여주었다. 기획의 힘이 여기 있었다

빈의 박물관 지구(Museum Quartier)에 가면 여러 곳의 미술관을 다 돌아볼 수 있다. 제일 먼저 간 곳은 레오폴드 뮤지엄(Leopold Museum). 그곳에서 에곤 실레의 작품을 보았다. 독특한 화풍으로 인간의 내면을 그려내는 화가 에곤 실레. 그는 가장 원초적으로 인간의 내면을 바라본다. 그래서 그의 그림에는 힘이 있고, 눈을 떼지 못하게 하는 흡인력이 있다. 독특한 터치와 색채도 보는 사람을 감성 속으로 빠지게 한다. 에곤 실레는 에로틱한 구상작품을 그렸다. 아르누보의 일환인 독일 유겐스틸 운동과 구스타프 클림트에게 영향을 받았다. 인체의 육감성을 딱딱한 선과 강렬한 악센트로 표현했다.

그는 소년기의 대부분을 연필로 그림 그리는 일을 하며 보냈다. 16살 때 실레는 빈 미술학교에 갔다. 당시 이름 높던 화가 클림트가 그의 드로잉을 보고 소년의 비상한 재능을 알아보았다. 클림트의 아르누보 양식과 소재의 영향은 초기 실레의 작품에서 현저히 보인다. 10년쯤 후부터는 스승의 우아하고 장식적인 화풍을 떠나 에곤 실레의 독특한, 표현적인 스타일이 나타나기 시작했다.

07

빈 필하모닉의 힘

국립오페라극장(State Opera)의 모습

화산 폭발로 런던행 비행기가 뜨지 않아 빈에 머물게 되어서, 매일 밤 공연을 관람했다. 첫날은 국립오페라극장(State Opera)에서 발레 「한여름밤의 꿈」을 보았고, 둘째 날은 빈 필하모닉의 연주회에 갔다. 「한여름밤의 꿈」은 연극으로 는 두 번 본 적이 있지만, 발레로 보기는 처음이다. 국립오페라극장의 웅장한 배경 속에서 발레리나들은 한없이 가볍게 날아다녔다. 발레로 만들어내는 스 토리의 감동은 컸다.

빈은 이번이 세 번째였다. 오래전 빈에 처음 왔을 때 국립오페라극장에서 오페 라를 보았었다. 그때는 그 경험 자체가 '한여름밤의 꿈' 이었다. 현실에 뿌리내 리지 못한 마음은 '한여름밤의 꿈' 에 불과해서 깨고 나면 아무것도 아니다. 달 콤한 미사여구는 NATO다. 'No Action, Talk Only' 가 되는 것이다. 빈에 처

음 왔었던 여행 자체가 '한여름밤의 꿈'이었다는 걸 생각하면서 발레 「한여름밤의 꿈」을 감상했다.

일요일 저녁의 공연이고, 빈에는 예기치 않게 머물게 된 것이어서 표를 구하기가 힘들었다. 인터넷으로 보면 모든 좌석이 매진이었다. 국립오페라극장에 직접 가봐도 표는 없었다. 그런데 공연이 시작되기 2시간 전에 극장 앞에서 암표상을 만났다. 암표상에게 두 배나 비싸게 표를 샀다. 그래도 만족할 수밖에 없었다. 나는 빈에 이 날밖에 없고, 이렇게라도 공연을 보지 않으면 다시 와서 언제 이 공연을 볼 수 있을지 모르는 일이니까……. 공연이 시작할 때에도 암표상 아저씨는 극장 앞에서 표를 들고 있었다. 공연 시작 전까지 안 팔리면 그 표는 종잇조각이 돼버린다. 암표상이 직접 그 표를 가지고 보기 전에는…….

빈 필이 연주하는 음악당(Wiener Musikverein). 빈 필이 신년음악회를 여는 곳도 이곳이다

빈 필하모닉의 연주회도 표는 없었다. 공연이 있는 날, 아침 일찍 빈 음악당(Wiener Musikverein)에 가서 표를 알아보았다. 빈 필하모닉의 표는 따로 빈 필 사무실에 가서 사야 한다고 했다. 그래서 시내로 가서 30분 더 기다려 빈 필하모닉 사무실에서 표를 샀다. 모든 표는 매진. 할 수 없이 뒷자리에 서서 보는 스탠딩(standing) 티켓을 샀다. 온종일 돌아다니다가 서서 빈 필의 연주를 들을 생각을 하니 기가 막혔지만 할 수 없었다.

빈 필의 연주는 역시 빈 필이었다. 이날의 프로그램은 베토벤 교향곡 제9번(Ludwig van Beethoven: Symphony No. 9, D minor, op. 125)이었고, 지휘자는 크리스티안 틸레만(Christian Thielemann)이었다. 빈 필이 한국에 왔을 때 두 번 연주회에 간 적이 있다. 한 번은 상암동 월드컵 경기장에서의 연주회여서 음향이 좋지 않았다. 그러나 빈 음악당에서 듣는 빈 필의 연주는 감동적이었다. 연주회가 시작되기 전에 일찍 가서 좋은 자리에(?) 서서 기다렸다. 베토벤 교향곡 9번에 이런 원대한 힘이 있었구나, 하고 다시 한 번 깨달은 연주회였다.

이틀 동안 빈에서 발레와 빈 필의 연주를 감상하면서 행복했다. 런던행 비행기가 뜨지 않아서 어쩔 수 없이 머물게 된 며칠이었지만, 빈의 예술적인 향취에 흠뻑 취한 나날이었다.

08

잘츠부르크에서 들은 주몽 이야기

「사운드 오브 뮤직」에서 폰 트랩 대령의 집으로 촬영된 성. 우리가 쓰는 시간은 크게 3가지로 분류할 수 있다. 나를 위한 시간, 가족과 친구를 위한 시간, 일을 위한 시간……. 균형 잡힌 인생은 3가지 종류의 시간 비율이 2:2:6 정도 된다고 한다. 하지만 한국의 대다수 남성들은 일을 위해 시간의 80~90퍼센트를 투입하고 있다. 반면에 나를 위한 시간은 거의 없다. 이제는 삶의 목적이 '열심히 일하고 일찍 은퇴하기'에서 '즐겁게 일하고 죽을 때까지 은퇴하지 않기'로 바뀌어야 하지 않을까

영화 「사운드 오브 뮤직」에서 줄리 앤드류스가 대령과 결혼식을 올렸던 곳. 「사운드 오브 뮤직」 투어가 몇십 년 동안 인기를 끌면서 잘츠부르크는 많은 돈을 벌어들이고 있다

빈에서 기차를 타고 두 시간 반 정도 가서 잘츠부르크에 도착했다. 빈에 머물면서 하루 정도 시간을 내서 온 잘츠부르크이니, 투어를 할 수밖에 없었다. 먼저 시내투어 버스를 타고 한 시간 정도 둘러보았다. 잘츠부르크는 영화 「사운드 오브 뮤직」의 배경지이며, 모차르트의 생가가 있는 곳이다. 잘츠부르크 페스티벌이 열리는 장소도 가보고, 미술관도 가보았다. 모차르트의 집도 있다. 해마다 여름이면 잘츠부르크 페스티벌에 참석하기 위해 세계 각국에서 관광객들의 몰려온다. 모차르트의 도시답게 잘츠부르크의 햇살도 더 특별해 보인다. 잘츠부르크 시내 한가운데를 흐르는 잘자흐강을 중심으로 구시가지와 신시가지로 나뉜다. 구시가지 가장 높은 곳에 세워져 있는 호엔 잘츠부르크성과 모차르트가 태어나 17세까지 살았던 그의 생가가 눈에 띈다.

「사운드 오브 뮤직」 투어 버스를 탔다. 4시간 동안 「사운드 오브 뮤직」 영화를 찍었던 곳을 돈다. 줄리 앤드류스가 대령의 아이들과 뛰놀며 '도레미송'을 부르던 미라벨 정원, 대령의 저택으로 나온 성, 마리아와 트랩 대령이 결혼식을 올린 잘츠캄머구트, 모차르트 다리, 헬브룬 궁전 등을 둘러보았다.

투어 버스의 가이드가 정말 유머러스했다. 오래된 성을 지날 때는 이렇게 설명했다.

"지금 지나가고 있는 이 성의 주인은 총각입니다. 반려자를 찾고 있죠. 성의 주인이고, 호수도 소유하고 있을 만큼 대단한 부자죠. 게다가 더 좋은 건, 그 총각이 90살이라는 겁니다. 이 분은 시멘트 사업으로 돈을 많이 벌었다는데, 그동안 있었던 많은 여자 친구들이 다 어디로 행방을 감추었는지는… 글쎄요… 아무도 모른답니다."

영화 「사운드 오브 뮤직」에 보면 산꼭대기에서 노래하던 줄리 앤드류스가 대령이 돌아왔다는 소식을 듣고 3분 만에 집으로 내려오는 장면이 있다. 그러나 실제로 그 산에 가보면 내려오는 데 5시간이나 걸린다는 설명도 있었다.

가이드는 내게 어디서 왔냐고 물었고, 나는 'Korea'라고 대답했다. 그러자 내 앞자리에 앉아 있던 미국인 부부가 반색을 하면서 말을 걸었다. "오, 코리아에서 왔냐"며 너무 반가워하더니 존경(?)의 눈초리까지 보내는 것이었다. 의아했지만, 의문은 곧 풀렸다. 부부는 캘리포니아에서 왔는데, 한국 드라마를 즐겨 본다고 했다.

"우리는 「주몽」을 80회까지 다 봤어요. 「해신」도 다 봤고, 「왕과 나」도 다 봤답니다. 그리고 그 드라마 있잖아요… 어떤 여자가 '키친'에서 일하다가 '닥터'가 되는 드라마… 그거 제목이 뭐더라… 그것도 다 봤어요."

어떤 여자가 '키친'에서 일하다가 '닥터'가 되는 드라마? 처음에는 그게 뭔가 했다. 갑자기 스치는 게 있어서 "대장금?"이라고 했더니 맞다며 너무나 반가워했다.

미국의 백인 부부가 한국 드라마에 이 정도로 열광하다니, 놀라운 일이었다. 영어로 자막이 되어 있는 비디오를 본 거냐고 물었더니 웃으면서 "영어 자막이 없으면 우리가 그걸 어떻게 이해하겠느냐"고 한다. 영어 자막이 달린 한국 드라마가 미국의 백인들에게도 이렇게 열렬한 반응을 끌어내고 있다니 참으로 반가운 일이었다. 그들은 한국 드라마가, 특히 사극의 이야기 전개가 재미있다고 했다. 그리고 의상과 궁궐 등 아름다운 볼거리도 많아서 너무나 좋다고 했다. 콘텐츠 산업의 힘이었다.

사실 잘츠부르크의 「사운드 오브 뮤직」 투어 자체가 콘텐츠 산업의 힘을 보여주는 여행이었다. 40여 년 전에 만들어진 이 영화가 전 세계인을 감동시켰기 때문에 관광객들이 잘츠부르크로 찾아온다. 영화를 찍은 장소마다 찾아다니면서 다시 한 번 감동에 젖고, 사진을 찍으며 행복해하는 사람들이다. 투어는 버스 한 대로 4시간 정도 돌아다니면서 이곳저곳 보여준다. 가격은 37유로. 우리 돈으로 6만 원 정도다. 40여 년 동안 수많은 관광객들을 실어나르며 이 투어가 벌어들인 돈은 얼마나 될까? 「사운드 오브 뮤직」의 판권은 물론이고, 캐릭터나 기념품 등을 다 합하면 40여 년간 이 영화 한 편이 창출해낸 부의 가치가 어느 정도일지는 가늠하기도 힘들다.

콘텐츠 산업의 힘은 크다. 그리고 그 콘텐츠 산업은 '볼거리'가 아니다. 감동적인 스토리가 우선이다. 탄탄한 스토리가 있고 난 다음에야 볼거리도 힘을 발휘한다. 단순히 아름다운 영상이나 스펙터클을 보러 돈을 내지는 않는다. 감동적인 스토리에 흠뻑 빠질 때 콘텐츠 산업의 힘이 생긴다. 미국의 백인들에게까지도 어필할 수 있는 콘텐츠가 우리나라의 잘 만들어진 드라마다. 미국의 백인들도 접할 기회만 있다면 우리 드라마가 경쟁력 있다는 이야기다. 잘츠부르크에서 만난 백인 「주몽」 팬들로 인해 콘텐츠 산업에 대해서 다시 한 번 생각하게 되었다.

09

창조 계급

스웨덴 스톡홀름에서 사진 전시회에 들렀다

봉준호 감독이 CF에 나와서 이렇게 말한다.

"나는 시나리오를 쓰고, 고치고 또 고친다. 작은 차이가 큰 차이를 만들기 때문이다."

뭐, 이런 요지다. 그는 시나리오를 쓸 수 있는 감독이다.

영화감독은 두 종류로 나뉜다. 시나리오를 쓸 수 있는 감독과 시나리오를 못쓰는 감독. 시나리오를 쓸 수 있는 감독의 영화는 스토리가 탄탄하다. 시나리오를 쓸 수 있다는 것은 탄탄한 집을 지을 수 있는 능력을 의미한다. 「해운대」의 윤제균 감독, 「왕의 남자」의 이준익 감독, 봉준호 감독, 장진 감독… 이들은 탄탄한 시나리오를 쓸 줄 안다. 그래서 2시간짜리 영화에서 관객을 롤러코스터에 태운다. 집중해서 2시간 동안 몰입할 수 있는 스토리텔링을 할 수 있다는 건 대단한 능력이다.

윤제균 감독은 한 인터뷰에서 이렇게 말했다.

"시나리오를 안 쓰는 순간 초심을 잃는다고 생각한다. 아이디어가 생각나면 즉시 휴대전화 메모장에 저장한다."

관객을 2시간 동안 눈물 속에 빠뜨린 감동적인 영화 「하모니」도 그가 시나리오를 썼다. 이 영화는 '교도소에서 여죄수가 낳은 아이는 18개월까지만 키울 수 있고 입양 보낸다'는 단 한 줄의 문장에서 출발했다고 한다. 대단한 상상력에, 대단한 이야기꾼이다. 그래서 그의 영화는 늘 재미있다.

「아바타」의 감독 제임스 카메론도 스스로 시나리오 작업부터 시작했다. 8년 전에 「아바타」의 시나리오를 쓴 다음에 기술적인 구현 방법을 찾아다녔다. 최근에 김수현 작가가 「아바타」의 스토리를 혹평하기도 했지만, 이 영화는 나름대로 관객을 몰입시키는 스토리를 탄탄하게 지니고 있다.

영화 「의형제」에서도 훌륭한 시나리오를 찾을 수 있다. 각각의 신(scene)들이 씨줄과 날줄로 촘촘히 얽힌다. 그 씨줄과 날줄의 교차 속에서 큰 소토리가 전달되어야 하고, 관객에게 의문의 여지를 남기지 않아야 한다. 「의형제」의 시나리오는 약간의 오점을 제외하고 대체로 훌륭하다. 서울시내 아파트에서 총격전이 벌어졌는데, 아파트 출입구조차 봉쇄하지 않아 간첩이 그대로 달아난다든지 하는 몇 가지만 빼고 말이다. 요즘은 미국 드라마에 익숙해진 관객들이 CIA가 어떻게 하는지 다 알고 있어서, 사실 '옥의 티'를 만들지 않는다는 게 힘들기는 하다. 탄력 있는 스토리에도 재치의 코드는 반드시 필요하다. 송강호가 아니면 내뱉을 수 없는 투박한 재치의 대사, 삶과 죽음의 경계를 오가는 절박한 상황 속에서도 제3자의 입장에서 툭 던질 수 있는 관조의 대사, 이런 것들이 모여서 전체 그림의 완성도를 높인다.

영문학을 전공한 나는 당시에는 희곡이 별로 재미없었다. 유진 오닐의 「밤으로의 여로」 베케트의 「고도를 기다리며」 등의 희곡들을 공부하면서 그걸 영상언어로 치환시키지 못했기 때문에 별로 재미가 없었던 것 같다.

요즘은 희곡을 통한 스토리텔링에 관심이 많아졌다. 그래서 영화 「해운대」「하모니」의 시나리오를 읽어보았다. 드라마 「베토벤 바이러스」의 대본 18권도 읽어

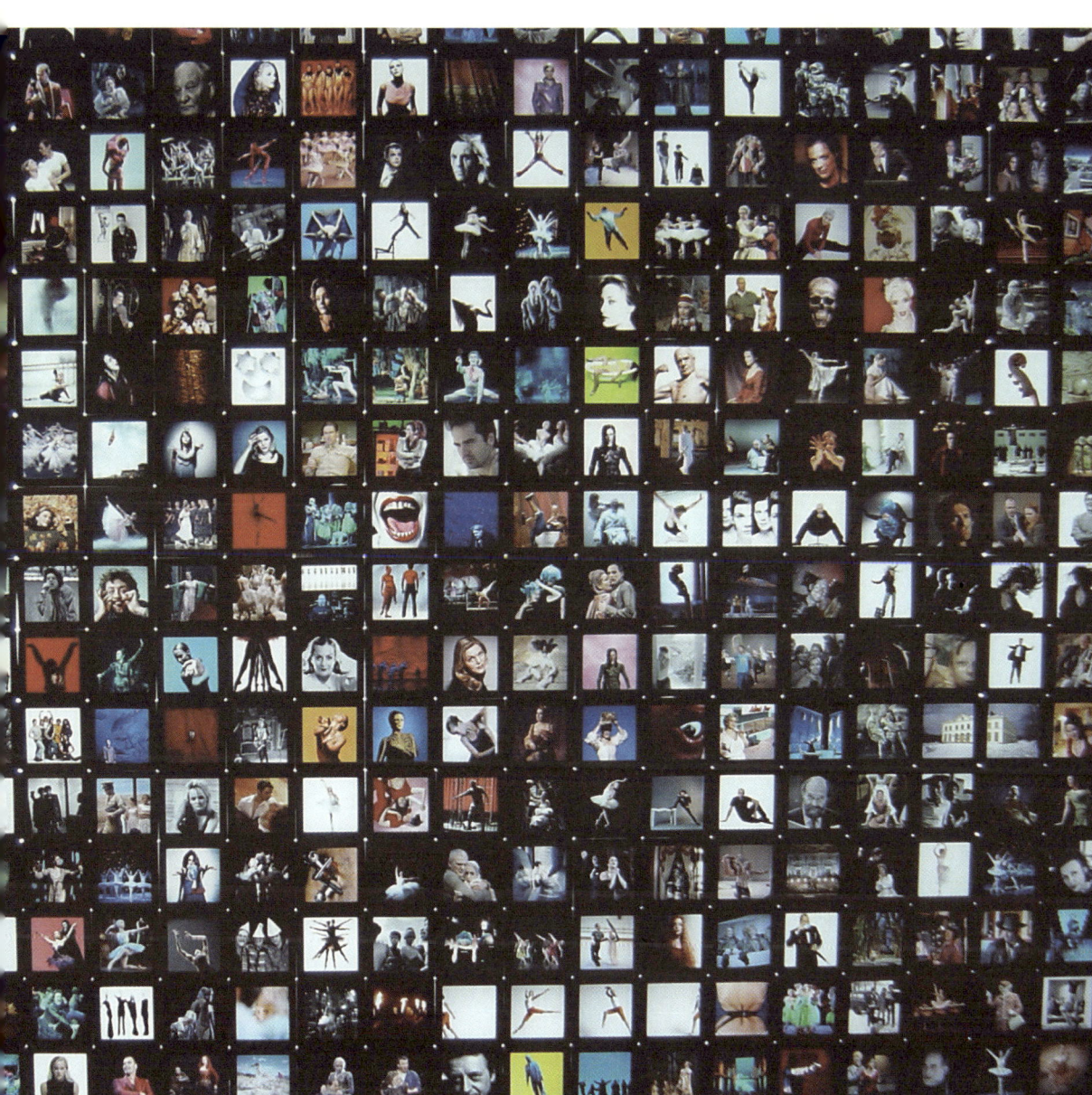

301

보았다. 「베토벤 바이러스」에서 예술감독을 맡은 서희태 오케스트라 지휘자에게서 18권의 대본을 다 빌려서 보았다. 이 대본을 쓴 작가가 음악을 한 사람이냐고 물었더니, 전혀 아니란다. 놀라운 일이다.

미국 드라마 「섹스앤더 시티」 「프렌즈」 「위기의 주부들」 대본도 죄다 찾아서 읽었다. 작가가 대본을 통해서 설계도를 그리면 감독은 그걸 토대로 집을 짓는다. 좋은 대본에 나쁜 배우나 감독은 없다. 하지만 나쁜 대본에 좋은 배우나 감독은 나올 수가 없다.

시나리오나 대본은 철저히 관객을 위한 상품이다. 관객이 보고 즐거워하고, 2시간 동안 세상 시름을 잊을 수 있는 흡인력 있는 스토리여야 한다. 철저히 상품이어야 한다. 상품을 만들 것이 아니라면, 그냥 일기장에 쓰거나 혼자 블로그를 하면 된다.

결국 작가가 만들어내는 스토리라는 건 그 작가가 경험한 것의 최대치를 벗어나지 못한다. 직접 경험한 범위가 넓어야 좋은 글이 나온다. 소설 쓴다고 세상 경험도 하지 않은 20대가 산속의 절로 들어가는 것만큼 어리석은 일은 없다. 치열하고 다양한 경험을 많이 쌓아야 쓸거리가 더 많아진다.

경험이 없으면 치열하게 취재를 해야 한다. 메디컬 드라마를 쓰기 위해서 최완규 작가는 병원에서 2년 정도 살다시피 했단다. 예전에 미국의 작가협회에서 이런 문구를 쓴 티셔츠를 입은 남자가 화제였다.

"My wife writes romance novels, I do the research."

내가 싫어하는 드라마나 영화는, 이유 없이 치고 싸우는 장면이 많은 것이다. 스토리텔링을 위해서 꼭 필요한 거라면 괜찮다. 그런데 관객이 무술 시합 보러 온 거라고 착각하는지, 별 이유도 없이 치고받는 싸움만 치열하게 벌이는 종류는 정말 사절이다.

스토리 없는 스펙터클도 사절이다. 아무리 스펙터클해도 스토리가 시원찮으면 완전히 꽝이 되고 만다. 스토리 없는 스펙터클에 지쳐서 영화 보다가 나온 적도 있다. 그런 영화는 절대 성공하지 못했다.

예전에는 '블루 칼라' 와 '화이트 칼라' 로 직업의 종류를 구분했다. 앞으로는 아마도 '창조 계급(creative class)' 이냐 아니냐로 직업의 종류가 구분될 것이다. 결국은 창조력이 있느냐 없느냐가 관건이다. 있던 것을 재조합해서 새로운 방식으로 창조하건, 세상에 없던 것을 새로 만들어내건, 결국 창조력이 관건이 될 것이다.

10

지속하는 것과
지속되지 않는 것

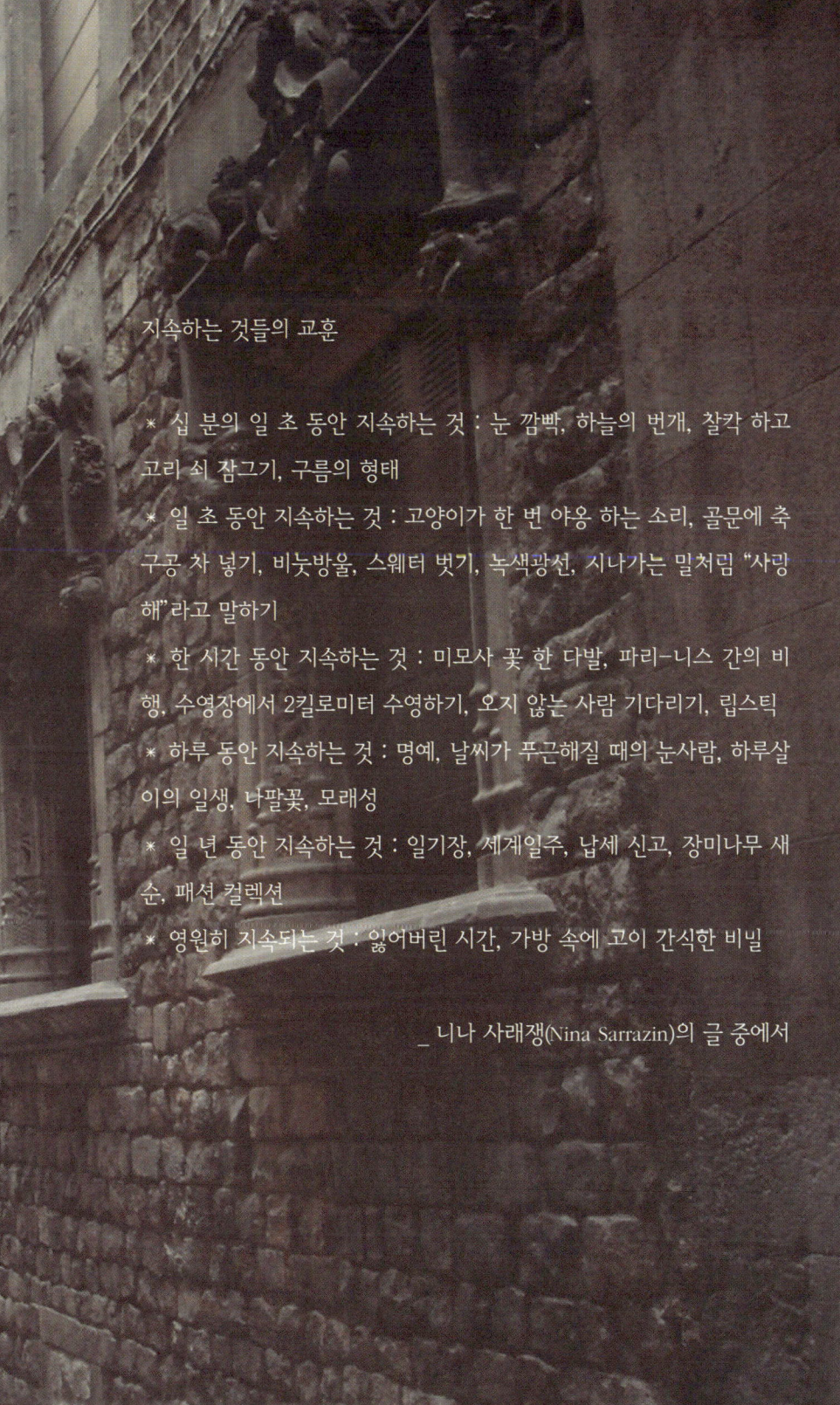

지속하는 것들의 교훈

* 십 분의 일 초 동안 지속하는 것 : 눈 깜빡, 하늘의 번개, 찰칵 하고 고리 쇠 잠그기, 구름의 형태

* 일 초 동안 지속하는 것 : 고양이가 한 번 야옹 하는 소리, 골문에 축구공 차 넣기, 비눗방울, 스웨터 벗기, 녹색광선, 지나가는 밀처럼 "사랑해"라고 말하기

* 한 시간 동안 지속하는 것 : 미모사 꽃 한 다발, 파리-니스 간의 비행, 수영장에서 2킬로미터 수영하기, 오지 않는 사람 기다리기, 립스틱

* 하루 동안 지속하는 것 : 명예, 날씨가 푸근해질 때의 눈사람, 하루살이의 일생, 나팔꽃, 모래성

* 일 년 동안 지속하는 것 : 일기장, 세계일주, 납세 신고, 장미나무 새순, 패션 컬렉션

* 영원히 지속되는 것 : 잃어버린 시간, 가방 속에 고이 간식한 비밀

_ 니나 사래쟁(Nina Sarrazin)의 글 중에서

유럽에는 중세 도시의 느낌이 그대로 살아 있는 골목길이 많다. 고딕 양식의 건축물 사이로 좁은 골목길을 걸어가면, 중세 시대로 돌아간 듯하다

노르웨이 오슬로의 해변 색깔은 '깊고 푸른 밤'이다. 짙은 코발트블루가 주는 아름다움에 넋을 잃고 물을 바라볼 수밖에 없었다. 해변에 세워진 자전거 두 대. 그 자전거의 주인들은 어딘가에서 밤바람을 맞으면서 산책하고 있겠지. 그 들의 인연은 어디서부터 시작되어 어디까지일까? 친구일까, 연인일까? 연인이 라면 만난 지 얼마나 되었을까? 갑자기 쓸데없는 호기심이 일어난다. 이 자전 거 두 대의 사이좋은 풍경은 어디선가 계속되겠지. 그리고 이런 풍경은 언제나 계속되겠지. 이 두 사람이 아니더라도……?

영원히 지속되는 것이 있을 것 같지만, 없기도 하다. 잃어버린 시간만은 영원 히 지속된다니, 아이러니다. 살아가는 건 버스를 타고 가는 것과 같다. 가다 보

면, 같이 탔던 사람들이 내리기도 하고, 다시 새로운 사람들이 타기도 한다. 평생 자신의 버스를 같이 타고 가는 사람들이 몇 명이나 되는지 생각해볼 일이다. 끝까지 같이 갈 수 있는 가족과 친구가 많을수록 행복하다. '에너지 버스'에 되도록 많은 동지를 태워서 가라고도 한다. 사랑은 움직이는 것이라고 하지만, 따지고 보면 인간관계도 다 움직이는 것이다. 살아 있는 생물이다. 내가 어떻게 하느냐에 따라 상대가 어떻게 받아들이느냐에 따라 상대적으로 달라진다. 내가 변하거나, 상대가 변하거나, 아니면 그 사이의 세월이 변해서 색깔이 달라지기도 한다. 달라진 색깔 속에서 '깊고 푸른 밤'처럼 고요함과 아늑함을 느낄 수 있는 관계를 많이 지닐수록 행복하다.

노르웨이 오슬로의 해변에서. 바닷물의 색깔이 어쩌면 저렇게 시리도록 푸를 수가 있을까. 하늘의 색깔은 또 어떻게 저렇게 깊을까. 노르웨이 바이킹의 정신이 어디에서 나왔는지 알 수 있을 것만 같았다. 시리도록 푸른 기상이랄까, 그런 것이 있는 도시다

Part 7

때로는 아무것도
안 할 자유
누리기

내가 5년 동안 못 보았던, 우리 집 창밖의 나무

2009년에 갔던 알프스. 알프스 산속의 물 색깔은 빙하가 녹아내린 물로 약간 우유를 탄 듯하다. 10년 전 미국에 있을 때는, 10년 후에 한국에 살면서 알프스에 오게 될 줄은 꿈에도 몰랐다. 평생 미국에 살아야 하는 줄 알았다. 인생은 앞일을 알 수 없기에 희망적인 것이리라. 다 안다면, 살맛이 날까?

미국에서 박사과정을 할 때는 정신이 없었다. 공부를 하면서 5년 동안 조교 (Graduate student instructor)로 학부 학생들 수업을 일주일에 한 시간씩 가르쳤다. 조교도 좋은 강의 평가를 받아야 했기에 강의 준비시간도 늘 만만치 않았다. 거기다 미시간 대학의 사회조사연구소(ISR)에서 교수들과 함께 연구 프로젝트도 했다. 그러니 늘 정신없었다. 하루하루가 바빴고, 거의 새벽 3시 이전에는 자본 적이 없다. 늘 잠이 모자랐고 피곤했다. 오죽 하면 치과 치료를 받으러 가서 의자에 누워 있는 짧은 시간이 달콤한 휴식으로 느껴졌을까? 드르륵 거리는 치과 기계 소리를 들으면서 잠이 들기도 했다(지금 생각해보면 엽기적이다). 졸업 후에는 클리블랜드 주립대학교의 교수로 임용되어 더 정신없이 바쁜 생활을 보냈다.

박사과정이 다 끝나가고 졸업을 앞둔 어느 날이었다. 미국인 친구가 집에 놀러왔다가 내가 사는 아파트 창밖에 있는 나무를 보았다.

"너희 집 창밖에는 정말 멋진 나무가 있구나."

그 말을 듣고 창밖을 보니 정말 멋있는 나무가 한 그루 서 있었다. 나는 그 아파트에 몇 년 동안 살았다. 그런데 그동안 한 번도 창밖에 나무가 있는지 몰랐다. 그리고 그 나무가 그렇게 멋진 아름드리나무인지도 몰랐다. 창밖의 멋진 나무를 몇 년 만에 처음 발견하고는 정말 놀랐다.

나무가 봄에는 싱그러운 초록 잎으로 변신하고, 가을에는 단풍으로 뒤덮였겠지. 눈이 워낙 많이 오는 미시간의 겨울에는 근사한 설경을 보여주었겠지. 그런데 나는 매일 그날 해야 할 일과 씨름하느라 한 번도 나무가 거기에 있다는 사실을 모르고 살았다. 눈이 오면, '빨리 학교에 가야 하는데 자동차 위에 덮인 눈을 어떻게 치우나' 그 걱정만 했다. 사실, 사는 게 사는 게 아니었다. 개인적으로도 힘들었던 10년이었다.

미국에서 산 10년은 나 자신과의 치열한 전쟁과 같은 시간이었다. 내가 읽고 토론해야 하는 책의 분량을 정복하기 위한 나 자신과의 싸움이었다. 하루에 100페이지, 200페이지를 읽어내야 했다. 내가 해내야 할 산더미 같은 수업, 학생 면담, 시험 채점, 그리고 연구소 일들과의 싸움이 나를 기다리고 있었다. 같은 과정을 밟은 한 미국인 친구의 표현에 따르면 'moving from one crisis to another(위기에서 다른 위기로)'였다.

박사과정을 마치고 나서 나는 미국 대학의 교수가 되었다. 치열한 경쟁을 뚫고 마지막 3명의 후보로 뽑혔다. 미국 사람들을 제치고 내가 그 자리의 교수가 된 것이다. 그런 점에서 나 자신에 대해서 자부심을 느꼈다. 미국의 클리블랜드 주립대학에서 교수로 있으면서 좋은 강의와 연구 업적으로 미국인 교수들과 학생들에게 능력을 인정받아야 했다.

이 모든 노력이 결국은 나 자신과의 싸움이었다. 그러다 숙명여대에서 교수로 와달라는 요청을 받고 한국으로 돌아왔다. 우리나라에서 교수 생활을 시작한 지 이제 10년이 되었다. 그리고 10년 동안 나는 정말 많은 사람들을 만났다.

이런 저런 인연으로 알게 된, 수많은 소중한 인연들이 있다. 그리고 그들 한 사람 한 사람에게서 정말 많은 것을 배웠다. 나는 누구에게서나 배울 것이 있다고 생각하는 편이다. 상대가 누구든지 그 사람의 장점을 발견하고 그 장점에 감동받는다. 그리고 정말 '아니다' 싶은 사람이 있어도 그 사람의 단점을 보고 반면교사를 삼으니 역시 그에게서 배우게 된다.

인생은 어차피 여행이다. 미국에서 10년을 살았고, 한국에 돌아온 지도 10년이 지났다. 앞으로 10년 후에는 내게 어떤 일이 일어날까? 물론 그 일은 내가 만들어가는 것이겠지만…

"당신의 인생에서 가장 좋았던 일주일은 언제입니까?"

이렇게 물으면 다들 다양한 대답을 한다. 심지어 기억나는 일주일이 없다는 이도 있다. 하지만, 나는 생각한다. 좋았던 일주일은 많았지만, 최고의 일주일은 아직 오지 않았다고…

The best is yet to come…

02

알프스 해발
2,750미터

케이블카를 타고 3,108미터까지 올라갔다. 스위스, 이탈리아, 오스트리아 3개국이 다
보이는 지점이다. 여기는 스위스, 저기는 이탈리아, 요기는 오스트리아, 하면서 다들
짚어본다. 사방을 둘러보면 까마득한 아래쪽에 호수도 보이고, 초원이 펼쳐진다

오스트리아 카우너탈 지역의 빙하에 올라갔다. 해발 2,750미터고, 케이블카를 타고 3,100미터까지 올라갈 수 있다. 지구온난화가 많이 진행되었나 보다. 3년 전에 이곳에 왔었던 사람은, 그때보다 지금 빙하가 많이 녹았다고 한다. 아랫부분까지 다 덮여 있던 빙하가 없어지고, 윗부분에만 남아 있는 걸 보고 놀랐다고 한다.

빙하 위로 걸어 다니는 사람들도 많다. 고산지대에서 빙하 위를 걸어서 올라가는 것은 생각보다 힘들다. 숨이 막힌다. 예전에 미국에서 아스펜의 록키산맥에서 4,000미터를 가본 적이 있다. 세 발자국만 걸어도 마치 100미터 달리기를 한 듯 숨이 찼다. "산소가 부족해서 그렇죠." 누군가 그렇게 말했다. 3,100미터에서 지내다가 내려오니 매우 피곤해졌다.

03

알프스에서는 모든 게
마구마구 가능할 것 같다

알프스 해발 2,040미터인 실베르타(Silvretta). 알프스를 바라보며 차 한 잔
마시고 있노라면 머릿속의 잡념이 다 사라진다. 그리고 괜히 용기가 생긴다

알프스 질브레타(Silvretta) 2,040미터에 있는 레스토랑에서 보는 풍경은 압도적이다. 여기서 알프스를 보며 나도 차 한 잔 마셨다. 일행 중에 화가 선생님이 계시는데, 매일 가족에게 아침상을 차려주고는 작업장으로 간단다. 거기서 온종일 그림을 그린다. 그냥 좋아서 파묻혀 하는 일이란다. 나도 그림을 좋아한다니까 직접 그려보라고 부추긴다. 매일 3시간씩 5년만, 아무런 구애를 받지 말고 마음껏 그려보란다. 알프스에 오니 그런 것도 가능할 것 같은 생각이 마구마구 든다. 산에서 내려가면 어떨지 모르겠지만……

알프스의 풍경을 맘껏 즐기고 난 뒤, 누군가 일행 중의 꼬마에게 물었다.

"알프스 좋아?"

"안 좋아요."

그 애는 유럽의 풍경보다 손에 든 게임기와 수영장 가는 일에 더 관심이 있다.

예전에 개그맨 이경규 씨가 방송에서 농담으로 이런 말을 한 적 있다.

"애들은요. 5살 이전에는 잘해줄 필요가 없어요. 전혀 기억을 못 해요."

아무튼 어른들은 알프스를 한껏 호흡했다.

04

알프스와 에비앙

알프스는 웅장하면서도 아기자기했다

알프스 오펜파스 정상에 올랐다. 해발 2,149미터. 공기가 그렇게 깨끗할 수가 없다. 알프스는 젊지도 늙지도 않은 산인 듯하다. 한여름 속 한겨울도 있고, 꽃밭 위에 펼쳐진 빙하도 있다.

8월 초, 알프스 몽블랑에서 등반을 하던 47세의 우리나라 남성이 추락해서 사망한 사고가 있었다. 알프스의 장대한 산속에 묻힌 사람들은 얼마나 많을까. 예전에 「버티칼 리미트(Vertical Limit)」라는 영화에서 조난당한 등반가를 구조하는 이야기가 있었다. 영화의 결론을 보면, 조난당한 1명을 구하기 위해 결국은 구조대 6명 정도가 목숨을 잃는다는 슬픈 스토리였다.

이곳은 특히 오토바이족들이 많다. 산꼭대기의 카페에 오토바이를 올려놓았다. 중년 남성들의 로망이 할리 데이비슨이라고 하던데…? 내가 미국에 있을 때 어느 60대 교수는 가죽점퍼에 가죽 바지를 입고 할리 데이비슨을 타고 다녔다. 아무도 그를 이상하다고 여기지 않았다. 개성과 라이프 스타일의 차이일 뿐…

알프스의 빙하가 녹은 물

05

알프스의
레지아 호수

오스트리아-이탈리아-스위스를 연결하는 알프스 지역을 돌았다. 이탈리아의 레지아 호수
가 인상적이었다. 호수 사이를 걸어갈 수도 있었는데, 운치 있는 산책길이 되었다. 여기저기
돌아다니는 것도 좋지만, 이곳에서 한 이틀 정도 조용히 머물면 더 좋겠다는 생각이 들었다.

아침 식사를 하면서 저마다 가지고 있는 힘든 점에 대한 이야기가 나왔다. 이런 알프스 호수를 보니, 그런 잡다한 불평이 얼마나 하잘 것 없는 것인가 느끼게 된다. 컵에 물이 반이나 남았다고 보느냐, 물이 반밖에 없다고 보느냐, 그 차이 아닐까? 알프스에 다녀가면 컵에 물이 반이나 남았다고 생각할 것 같다.

알프스의 정상 가까이서 매우 특이한 차를 탄 커플의 모습이 보였다. 이 차가 신기했다고 블로그에 올리니, 누군가 정확하게 이 차의 이름을 댓글로 알려주었다. 그런데 지금은 다시 잊어버렸다. 나는 차에는 별로 관심이 없다

거울 같은 호수가 두 가지 색깔로 나뉘어 있다. 첨탑이 있는 부분으로 가면 두 개의 호수가 만나서 물이 서로 통하는 지점이 있다. 참으로 신기한 자연 현상이다. 알프스에서는 자연의 포스가 너무나 강해서 인공적인 것이라면 어떤 아름다움도 빛을 발할 수가 없다. '진짜'인 자연에 대비하면 그 어떤 인공도 빛을 잃는다. 세상살이에 치인 이들에게 이상한 힘을 불어넣어 주는 곳이다. 호수의 물빛과 청명한 하늘, 그리고 호수에 비친 하늘빛이 오묘한 조화를 이룬다

자전거를 타고 알프스를 누비는 사람들의 모습을 자주 보게 된다. 가끔 자전거를 세워두고 산책을 하거나 쉬는데, 한가롭게 서 있는 자전거가 주인의 마음 상태를 말해주는 듯하다

06

알프스의 수도원을 가다

마리아베르크 수도원에 갔다. 공지영의 『수도원 기행』의 감동이 살아나는 것 같다. 그 책에서 작가는 말했다. 다 항복하고 나니까 오히려 행복해지더라고. 완전히 항복하고 나면 행복해질 수밖에 없다.

"버리면 얻는다. 그러나 버리면 얻는다는 것을 안다 해도 버리는 일은 그것이 무엇이든 쉬운 일이 아니다. 버리고 나서 오는 것이 아무것도 없을까 봐 그 미지의 공허가 무서워서 우리는 하찮은 오늘에 집착하기도 한다."

마리아베르크 수도원은 수도원 중에서 가장 높은 해발에 위치하고 있다. 거기서 바라본 이탈리아의 남부 티롤 지역 모습이다.

스위스의 뮈스타이어 성
요한 수녀원에도 갔다.
이 수녀원은 세계문화유
산으로 지정되어 있다.
수녀원 안에 그려진 벽화
의 보존가치가 높기 때문
이다. 수녀원은 아담하게
알프스에 자리 잡고 있다

브레히트가 말했다.

"죽은 물고기들만이 물을 따라 흘러간다."

살아 있는 물고기는 물에 자신을 맡겨두지 않는다. 이런 말도 있다.

"Your genes are not your destiny."

수녀원 안의 벽화는 오랜 세월을 거치고도 잘 보존되어 있다. 수녀님들의 일상
을 담은 엽서도 팔고 있다. 엽서의 그림이 참 깜찍하다. 수녀님들의 생활을 무
겁게 그리지 않고 이렇게 미소가 나오는 작품으로 만들 생각을 했네…

수녀님들이 만든 빵이며 자잘한 일상용품들도 있다.

07

알프스의
티롤

티롤의 호텔 뒷마당 풍경이다. 알프스 산골에서
인터넷이 될까 반신반의했는데, 인터넷은 매우 빨랐다

창문으로 보이는 알프스 풍경. 여기서 사흘 동안 쉬
었다. 내일은 스위스, 오스트리아, 이탈리아 국경의
알프스를 돌아본다. 일행 중 누군가가 그랬다. "하루
놀고 나면 하루 쉬기라도 해야지, 힘들기는 하다"

해발 2,040미터를 뒤로 하고 내려오는 길이다. 알프스 빙하가 녹은 물은 늘 녹색 빛깔이다. 갑자기 예전에 「무릎팍 도사」에서 본 엄홍길 대장이 생각났다. 그는 산을 도저히 끊지 못하겠다며 「무릎팍 도사」를 찾았었다. 영하 40도 날씨에 산에 매달려 '큰일'까지 보고 있을 때면 자신이 등반을 왜 하나 싶기도 했단다. 딸이 자신의 고생을 알았으면 해서 히말라야 트래킹을 데리고 갔단다. 그런데 몇천 미터를 가도 딸이 지치기는커녕 너무나 생생해서 자존심이 상했다는 이야기를 했다(버스 타고 실베타 2,040미터를 갔다 온 내가 이런 이야기를 왜 하고 있지?).

08

여가를 어떻게
보내십니까?

바르셀로나의 햇살은 따스했다. 물가의 벤치에 앉아 있는 한가로운 모습, 자전거를 타고
그 길을 달리는 한적함은 아마도 남의 인생이기 때문에 더 여유로워 보이는 것이리라.
거기에서 사는 사람들의 삶은 누구의 것이든 치열할 것이다. 이탈리아에서 30년을 살고
여행기를 쓰고 있는 분께 사람들이 "이탈리아에 사시니 너무나 좋으시겠어요" 했더니
그는 이렇게 답했다. "여행 올 때가 좋은 거지, 거기서 살면 스트레스 많이 받습니다."

런던의 한 공원에는 이렇게 의자들이 놓여 있다. 드넓은 공원을 바라보며 이런 의자에 앉아서 햇살을 즐기는 일, 1년에 몇 번이나 하고 있나?

여가 시간이 많아지면 사람들은 그 시간을 어떻게 쓸까? 한 경제연구소의 분석에 따르면, 처음에는 이틀간의 여가를 어떻게 잘 놀까 고민을 한단다. 지금까지 가지지 못했던 새로운 생활 방식에 익숙해지기 위해서 노력한다는 것이다. 『주말의 달인』 『주말형 인간』 같은 책을 보면서 열심히 주말을 잘 보낼 연구를 하기도 한다. 그러다가 어느 정도 시간이 지나면 이틀간의 여가 중 하루 정도는 다시 새로운 일을 하면서 돈을 벌 방법을 찾게 된다고 한다. '투잡족'이 나오기 시작한다는 것이다. 이틀을 다 놀지 않고, 여가를 또 반으로 나누어서 쉬는 것 반, 일하는 것 반으로 일상생활을 정리하는 사람들이 늘어날지도 모른다. 놀기만 하자니 시간이 좀 아까운 생각이 드는 것이다.

주 5일제 근무가 당연한 것으로 정착된 미국에서는 이미 일상화된 현상이기도 하다. 여가 시간이 많아지면서 필요에 의해서 '투잡족'이나 '쓰리잡족'이 많아질 수도 있다. 새로운 일을 찾지는 않더라도 자기계발을 위해서 투자하는 시간을 늘릴 수도 있다.

역사적으로 기술이 발전하면서 인간의 여가 시간은 점점 늘어났다. '무어의 법칙'은 컴퓨터의 정보처리용량이 18개월마다 두 배가 된다고 예언했다. 아직까지는 그 예언이 맞아 떨어지고 있다. 그런 과학기술의 발전 덕분에 우리의 일상생활에서도 많은 시간이 절약되고 있다. 꼭 해야 하는 일에 들어가는 시간이 줄어들면, 남은 시간을 이용해서 또 다른 일을 효율적으로 하거나 여가 생활을 즐기게 된다.

미국의 미디어 랩이 내놓은 보고서를 보면, 2020년에는 산업의 50퍼센트가 여가와 오락 산업이 된다고 한다. 여가를 즐겁게 보내고, 있는 시간을 즐길 수 있는 문화 산업이 대부분을 차지한다는 것이다. 그리고 사람들은 새로운 경험을 축적하기 위해서 돈과 시간과 노력을 쏟아붓게 된다. 여행 산업이나 영화, 음악, 전시회와 같은 예술이 우리 생활에서 차지하는 비중이 상상을 초월할 정도로 높아지게 된다고 한다.

사실 휴가 때 여행을 가는 것은 그동안 피로했던 몸과 마음을 쉬게 하기 위해서이기도 하지만, 새로운 경험을 축적하기 위해서이기도 하다. 지금까지의 일상과는 다른 경험, 색다른 일상을 맛보기 위해 떠나는 것이다.

새로운 경험을 축적하기 위해서는 비용이 든다. 파리의 에펠탑 꼭대기에서 커피 한 잔에 10달러를 내고 마시는 것은, 새로운 경험을 축적하기 위해서 지불해야 하는 비용이다. 해외여행을 '패키지 투어'로 하게 된 것도 그리 오랜 일은 아니다. 새로운 경험을 위해서 비용을 기꺼이 지불하려는 사람들이 많아졌기 때문에 가능한 일이다.

미래의 여가 시간은 이런 새로운 경험을 축적하는 것으로 채워질 전망이다. 그리고 그 경험이라는 것이 반드시 특정한 장소에 힘들게 비행기를 타고 가야만 얻을 수 있는 것도 아니다. 사이버 세상에서, 홀로그램으로, 3D 기술을 통해서 우리 집 거실에 앉아서도 에펠탑 꼭대기에서 커피를 마시는 것과 같은 경험을 할 수 있다. 이런 경험의 축적을 가능하게 하기 위해서 과학기술은 발전할 것이고, 사람들은 기꺼이 비용을 지불하게 된다. 그리고 그런 경험을 더 즐겁고 감칠맛 나게 만들기 위한 콘텐츠 개발 산업이 붐을 이루게 될 것이다. 이 과정에서는 문화 산업, 여가 산업, 예술에 관련된 콘텐츠 산업이 상상을 초월하는 규모로 커질 수밖에 없다.

사람마다 여가를 보내는 방식은 다양하다. 오랜만에 집안에서 그야말로 아무 일도 하지 않고 며칠씩 지내는 방식도 있다. 무조건 밖으로 나가야 여가다운 여가를 보냈다고 생각하기도 한다. 어떤 방식이건, 나의 경험을 보다 다양하게 만들어가는 과정이 여가의 핵심이다.

09

제자리에 있으려면
죽어라 뛰어야 하는 세상

핀란드의 끝없는 침엽수 숲을 지나면서 나는 매우
슬펐다. 그때는 그랬다. 지나고 나면 아무것도 아닌
일도, 그 터널을 지날 때는 정말 슬픈 일일 수 있다

루이스 캐럴의 동화 『이상한 나라 앨리스』의 속편인 『거울나라의 앨리스』에는 붉은 여왕이라는 체스 말이 나온다. 붉은 여왕은 앨리스에게 "제자리에 있고 싶으면 죽어라 하고 뛰어야 한다"고 말한다. 여기서 생물학의 '붉은 여왕 효과(red queed effect)'라는 용어가 나왔다고 한다.

제자리에 있고 싶으면 죽어라 하고 뛰어야 하다니, 역설적이지만 참으로 진리다. 세상이 계속 변하기 때문에, 가만히 있으면 상대적으로 도태되는 것은 사람이나 기업이나 국가나 마찬가지로 적용된다. 커리어를 한 걸음이라도 더 앞으로 발전시키기 위해서 노력하는 수많은 군상들이 그렇다.

그들은 마치 헬스클럽의 '패스트 트랙' 위에 있는 것 같다. 뛰어야 한다. 계속 뛰어야 제자리라도 유지한다. '슬로우 트랙'은 없다. 스스로 속도를 늦추는 순간, 트랙 바깥으로 튕겨 나가버린다. 패스트 트랙 위에서 제자리에 있기 위해 죽어라 하고 뛰어야 한다. 아니면 트랙 바깥으로 튕겨나가니 어찌 뛰지 않을 수 있겠는가?